톨스토이와 떠나는
내 마음으로의 여행

톨스토이 지음 | 이은연 옮김

톨스토이와 떠나는
내 마음으로의 여행

펴낸날 | 2002년 12월 20일 초판 1쇄
        2003년 3월 10일 초판 2쇄
지은이 | 톨스토이
옮긴이 | 이은연
펴낸이 | 이태권
펴낸곳 | 소담출판사
     서울시 성북구 성북동 178-2 (우)136-020
     전화 | 745-8566 팩스 | 747-3238
     E-mail | sodam@dreamsodam.co.kr
     등록번호 | 제2-42호(1979년 11월 14)
기 획 | 박지근 이장선
편 집 | 김효진 가정실 구경진 마현숙
디자인 | 김미란 이종훈 이성희
본부장 | 홍순형
영 업 | 박종천 박성건 이도림
관 리 | 유지윤 안찬숙 장명자

ISBN 89-7381-720-5 03890
● 책 가격은 뒤표지에 있습니다.

www.dreamsodam.co.kr

톨스토이와 떠나는
내 마음으로의 여행

톨스토이 지음 | 이은연 옮김

소담출판사

contents

신부 세르기 · 007

지옥의 파괴와 부활 · 103

광인의 수기 · 143

프랑수아즈 · 171

어느 사냥꾼 이야기 · 189

작은 악마의 앙갚음 · 211

역자 후기 · 222

신부 세르기

I

  1840년대 페테르부르크에서는 모두가 깜짝 놀랄 만한 사건이 일어났다. 니콜라스 1세의 직속 부관이 될 것이라고 기대했던 흉갑기병 연대의 기병중대장이며 공작인 잘생기고 젊은 장교가 결혼을 한 달 앞두고 돌연 제대를 한 것이었다. 그는 왕녀의 각별한 총애를 받고 있는 아름다운 약혼녀와 연락도 끊었을 뿐만 아니라 자신이 소유하고 있던 작은 토지마저 누이에게 넘겨주고 수도자가 되기 위해 수도원으로 들어가버렸다. 그가 갑자기 사라져버린 내면적인 이유를 헤아리지 못하는 사람들에게 이 사건은 설명할 수 없는 기이한 일이었지만, 스체판 카사스키 공작 본인에게는 의심의 여지없는 자연스러운 선택이었다.

  근위대의 퇴역대령이었던 스체판 카사스키의 아버지는 아들이

12살 때 세상을 떠났다. 그의 어머니는 아들을 집에서 떠나 보낸다는 것이 무척 괴로웠지만, 남편이 죽으면서 아들을 집에 두지 말고 군사학교에 보내라고 유언을 남겼기 때문에 결국 그녀는 어쩔 수 없이 아들을 군사학교에 보냈다. 그리고 미망인 자신은 아들이 휴가를 받으면 쉽게 왕래할 수 있도록 하기 위해서 딸 바바라를 데리고 페테르부르크로 이사를 했다.

소년은 재능이 뛰어나고 자존심도 강했으므로 당연히 학업성적이 우수했는데 그는 특히 수학에 관심이 많았고 군사훈련과 승마에서도 일등을 차지하곤 했다. 유난히 키가 큰 그는 때로 싱거워 보이기도 했지만 미남이었고 빈틈없는 사람이었다. 그는 모범적인 사람의 전형적인 본보기라고 할 수 있었다. 술은 입에 대지도 않았고 방탕한 생활과도 거리가 먼 매우 성실한 사람이었다.

단지 한 번 화가 나면 이성을 잃고 짐승처럼 날뛰는 걷잡을 수 없는 그의 성질이 유일한 결점이라면 결점이었다. 한 번은 한 생도가 그의 광물수집 취미를 별다른 악의 없이 놀렸다가 이성을 잃은 그가 창문 밖으로 그 생도를 내던질 뻔한 적이 있었으며 그리고 또 한 번은 사람이 죽을 뻔한 적도 있었다. 그가 커틀릿 접시를 어떤 장교에게 던지고 그 장교에게 달려들었던 것이다.

사람들 말에 의하면, 그 장교가 약속을 어기고 그의 면전에서 거짓말을 했기 때문이라고 한다. 만약 교장이 해당 장교를 해고시키지 않고 문제를 비밀리에 처리하지 않았더라면 아마도 그는 사병

으로 강등되었을 것이다.

 카사스키는 18살이 되던 해에 군사학교를 졸업하면서 귀족들의 친위대에 들어갔는데 군사학교에 다닐 때부터 그를 알고 있던 니콜라이 파블로비치 황제가 그를 총애했기 때문에 그가 황제의 부관이 될 것이라는 것은 모두에게 의심의 여지가 없는 사실로 받아들여졌다. 그리고 카사스키 자신도 황제의 부관이 되길 바랬고 그것은 그에게 어떤 야망이 있었기 때문이 아니라 사관생도 때부터 니콜라이 황제를 열렬히 사랑했기 때문이었다. 니콜라이 황제는 군사학교를 자주 방문했다. 훤칠한 키, 떡벌어진 가슴, 콧수염 위로 우뚝 솟은 매부리코, 말끔하게 정리된 구레나룻, 그리고 맵시 있는 군복차림으로 경쾌하고도 힘찬 발걸음으로 생도들이 모여있는 강당으로 들어와서는 우렁찬 목소리로 생도들과 인사를 나누곤 했다.

 그때 카사스키는 처음 사랑이라는 감정이 찾아왔을 때와 같은 그런 황홀함을 경험했다. 그리고 황제를 사랑하는 마음은 생도 때보다도 더욱 깊어만 갔다. 그는 황제에 대한 자기의 무한한 충성심을 증명해 보이고 싶어했으며, 황제를 위해서는 자기 자신을 희생시킬 준비도 되어 있었다. 니콜라이 황제는 자기가 사관생도들에게 숭배의 대상이 되고 있음을 잘 알고 있었으며 그는 의도적인 행동으로 사관생도들의 이러한 환호를 부추기기도 했다. 황제는 사관생도들의 주위에 둘러 쌓여 때로는 어린아이처럼, 때로는 친구처럼 그들과 함께 놀아주기도 했지만 어떤 때는 위엄을 갖춘 황제로 그들을 대하기도 했다. 카사스키와 장교 사이에 있었던 커틀릿 접시 투척사건 이후 황제는 그 사건에 대해 그에게 아무런 말도 하지 않았다. 그러나 한 번은 그가 황제 앞으로 다가섰을 때 연기하듯이 이맛살을 찌푸리면서 우아한 자태로 카사스키를 옆으로 밀쳐내곤 손가락으로 위협하는 시늉을 보인 다음 자리를 떠나면서 말했다.

"나는 모든 것에 대한 보고를 받는다. 그 중엔 몰랐으면 싶은 일들도 있지만, 아무튼 그런 일들도 전부 여기 이곳에 들어 있다는 사실을 명심해라."

황제는 자신의 심장을 가리켰다. 그러나 사관생도들이 졸업하고 황제를 알현했을 때 황제는 이미 그 사건에 관해 더 이상 떠올리지 않았다. 늘 그렇듯이 생도들이 황제와 조국에 충성스러운 신하로 봉사하기 위해서는 언제든지 직접 황제에게 도움을 청할 수 있으며, 황제 자신은 항상 그들의 가장 가까운 친구가 될 것이라고 말했다. 생도들은 여느 때와 마찬가지로 감동을 받았고 카사스키도 지난 날을 회상하면서 눈물을 흘리며 사랑하는 황제를 위해 온 힘을 다 바칠 것이라고 스스로 맹세했다.

카사스키가 친위대에 들어가자, 그의 어머니는 딸과 함께 모스크바로 이사했다가 다시 시골로 거처를 옮겼다. 카사스키는 자기가 가지고 있는 재산의 반을 누이에게 주었다. 그리고 나머지 반은 자신의 화려한 친위대 생활을 위해 여유 있게 사용했다.

겉으로 보기에 카사스키는 출세가도를 달리는 평범하고 훌륭한 젊은 친위대 장교였지만, 그의 내면은 복잡하고 긴장된 일들로 가득차 있었다. 어렸을 때부터 그가 하는 일이라는 것은 확실히 다양한 양상을 띠었다. 그러나 알고 보면 그가 하는 일의 다양성이라는 것은 결국 한 가지로 귀결되었는데 그것은 오직 사람들에게 칭찬 받고 사람들을 감탄시킬 만한 성공과 발전을 얻기 위해서 모든 노력이 집중되었던 것이다. 학업에서도 그는 칭찬받고, 또 타의 모범이 될 때까지 열심히 공부했다.

하나에 도달하면 다음 것을 시작했다. 그는 이런 식으로 군사학교에서 수석을 차지했다. 생도시절에 그는 자신이 프랑스어에 재주가 없다는 사실을 깨닫자 온갖 노력을 기울여 프랑스어를 모국어처럼 구사할 수 있게 되었고, 그 다음에도 역시 생도 때에 흥미를 느꼈던 장기에 능통하게 되었다.

조국과 황제에게 봉사해야만 한다는 사명 외에 카사스키의 인생에는 항상 어떤 목표가 있었다. 그것이 아무리 하찮은 것이라 해도 그것에 도달할 때까지 그는 온 정성을 다 기울였다. 그러나 일단 정해진 목표에 도달하면 그의 의식 속에는 금방 새로운 목표가 생겨나고 예전의 목표는 이 새로운 목표로 교체되곤 했다. 그러므로 그의 인생은 자기 자신이 세워놓은 목표에 도달하기 위한 부단한 노력에 의해 만들어지고 있었다. 물론 그의 품행에 오점을 남기는 다혈질적인 성격이 여전히 남아 있어서 근무할 때마다 간혹 튀어나오는 것이 문제였지만, 생도가 되던 직후 그는 근무 지식에 대해 최대한 완벽하게 습득할 것이라고 목표를 세우고 꾸준히 노력한 끝에 실제로 얼마 지나지 않아 모범적인 장교가 되었던 것이다.

한 번은 어느 사교계의 모임에서 대화를 나누던 중에 일반상식에 대한 지식이 부족하다고 느낀 그는 이러한 부족함을 보충해야겠다고 결심한 후 책을 읽기 시작하더니 결국엔 자신이 원하는 목표에 도달했다. 그리고 또 한 번은 상류사회에서 좀더 높은 지위를 얻어야겠다고 생각하고 춤을 배우기 시작했는데 곧 상류사회의 무도회와 파티에 불려 다니는 인물이 되기도 했다. 하지만 그는 이 정도로 만족할 사람이 아니었다. 그는 항상 일등이었으므로 최고에 익숙해 있었고 이러한 일에서 그는 어느 정도 성공했다고 할 수 있었다.

내가 생각하건대, 그 당시 사교계의 모임이라는 것은 어느 곳에서나 항상 네 종류의 사람들로 구성되어 있었다. 첫 번째는 궁정을 드나드는 부자들, 두 번째는 부유하지는 않지만 궁정에서 태어나고 그곳에서 자란 사람들, 세 번째는 궁정에 있는 귀족을 모방하는 부자들, 그리고 네 번째는 부자도 아니고 궁정과 관련도 없으면서 첫 번째와 두 번째를 흉내내는 사람들이다. 카사스키는 분명히 첫 번째 부류에 속하는 인물은 아니었다. 오히려 그는 마지막 두 부류에 가까웠다.

그는 사교계에 입문하면서 그곳 여성과의 교제를 제일 먼저 염두에 두었는데 뜻밖에도 이 일은 매우 빠른 성공을 거두었다. 그러나 그는 얼마 지나지 않아 자신이 돌아다니는 모임이 가장 하층에 속하는 사교계라는 것을 알고 상류층의 사람들과 어울려 다니기 시작했는데, 비록 상류사회에서 그를 받아주기는 했지만 그는 그곳에서 여전히 이방인이었다. 물론 그들은 친절했다. 그러나 카사스키를 대하는 태도에는 자기들끼리 교제할 때 나타나는 그런 자연스러움이 없었다.

카사스키는 상류층 사람들과 같은 사람이 되고 싶었다. 이 목표를 달성하기 위해선 물론 앞으로 될 일이지만, 황제의 부관이 되든지 아니면 상류층에 속하는 여자와 결혼하는 것이었다. 그리고 그는 그렇게 하기로 마음 먹었다. 그가 선택한 여자는 그 자신이 속하고 싶어하는 계층에 있는 궁정의 한 아름다운 소녀였는데 상류층에 확고히 기반을 둔 사람이라면 모두 그녀와 사귀어 보려고 온갖 노력을 기울였다. 그녀는 백작의 딸인 코로트코바 양이었다. 카사스키는 단순히 출세를 위해서 그녀의 비유를 맞추기 시작했던 것은 아니었다. 그는 남달리 매혹적인 코로트코바 양을 사랑하게 되었다. 그러나 처음에 그녀가 카사스키를 대하는 태도는 눈에 띌 정도로 쌀쌀맞았다.

그러던 어느 날 그녀가 갑자기 상냥한 태도로 돌변하더니 그녀의 어머니가 그를 집으로 초대하는 일이 잦아졌다. 카사스키는 그녀에게 청혼했고, 그녀는 그의 제안을 흔쾌히 받아들였다. 물론 모녀의 행동에 이상한 점도 있었지만 이런 행복이 너무도 쉽게 자기 앞에 찾아온 것이 그는 놀랍기만 했다. 그는 이미 그녀에 대한 사랑에 눈이 멀어 깊은 사랑에 빠져 있었으므로 자신의 약혼녀가 1년 전 니콜라이 황제의 연인이었다는 사실을 온 마을 사람들이 모두 알고 있었음에도 불구하고 자신만 모르고 있었던 것이다.

II

 결혼을 2주일 앞두고 카사스키는 차르스코 셀로에 있는 약혼자의 여름 별장을 방문했다. 5월의 따뜻한 햇살이 비추고 있었다. 두 연인은 정원을 거닐다가 그늘진 보리수 가로수 길의 한 벤치에 앉았다. 흰색의 모슬린 드레스를 입은 메리(약혼녀)는 더할 나위 없이 아름다웠으며 사랑과 순결의 화신처럼 보였다. 그녀는 자신의 성스런 순결에 욕될까봐 조심스러워하는 행동과 말투로 이야기하는 잘생긴 연인을 바라보며 때론 고개를 숙이고, 때론 부드러운 표정을 지으며 이야기를 듣고 있었다.

사실 카사스키는 자신이 성적으로 자유스러운 것에 대해서는 의식적으로 묵과하면서 아내에 대해서는 성스러운 순결을 요구하는 40년대의 남자였다. 당시 이러한 순결은 여자들 자신도 당연한 것으로 받아들이고 있었다. 이러한 관점에서 볼 때 남자들과 자유스럽게 교제하는 여자들의 문란함 속에는 매우 그릇되고 좋지 못한 점이 많았다. 그러나 여성을 성적 대상으로 보는 지금 젊은이들의 여성관을 생각해 본다면, 이러한 관점은 내 생각으론 좋다고 본다.

결국 여자들은 남자들의 이러한 숭배를 지켜보면서 점점 더 여신이 되기 위해 노력했다. 카사스키 역시 여성에 대한 보수적인 사고방식을 가지고 있었으므로 사랑스런 약혼녀를 자랑스러운 눈으로 바라보고 있었다. 그는 그날 여느 때보다도 더욱 강렬한 사랑을 그녀에게 느끼고 있었지만 그 느낌은 성적인 감정이 아니라, 오히려 결코 도달할 수 없는 어떤 것을 바라볼 때의 그런 평안한 마음이었다. 그는 그 큰 키로 일어서더니 양손을 군도에 의지하며 그녀 앞에 섰다.

"나는 이제야 인간이 경험할 수 있는 행복이라는 감정을 깨닫게 되었습니다. 바로 당신이 그 행복을 내게 주었습니다."

그는 수줍은 듯 미소지으며 말했다.

그는 그때까지만 해도 아직 '그대'라고 말하는 것이 익숙하지 않았으므로 이 아름다운 천사에게 '그대'라고 말하는 것이 쉽지가 않았다.

"나는 그대 덕분에 내 자신이 스스로 생각했던 것보다 더 나은 사람이라는 것을 깨닫게 되었소."

"나는 이미 오래 전부터 알고 있었어요. 난 그런 점 때문에 당신을 사랑하게 된 걸요."

어딘가 가까운 곳에서 꾀꼬리가 노래부르기 시작했고 갑자기 불어온 바람결에 파릇한 나뭇잎들이 살랑거렸다.

카사스키는 그녀의 손을 잡고 그녀의 손에 키스했다. 그의 눈에 눈물이 흘렀다. 그녀는 그가 눈물을 흘리는 것이 자기가 사랑한다고 말한 것에 대한 감사의 표현이라는 것을 잘 알고 있었다. 그는 아무 말없이 잠시 걷다가 다시 그녀 옆으로 다가와서 앉았다.

"당신은, 아니 그대는 아시오? 사실 처음 그대에게 접근했을 때 사욕이 없었던 것은 아니었소. 사교계와 인연을 맺고 싶었소. 그러나 나중엔…… 그대를 알고 난 후엔 그런 것들이 얼마나 보잘것 없는 것인지 알게 되었소. 이런 내 어리석음 때문에 그대가 화를 내지 않았으면 좋겠소."

그녀는 아무런 대답 없이 그의 손을 가볍게 다독거렸다. 카사스키는 '아니요, 화나지 않았어요.' 라는 그녀의 뜻으로 이해했다.

"그런데 그대가 말하지 않았소……."

갑자기 그는 자신이 너무 단호한 어조로 말하는 것처럼 느껴져서 말을 우물거렸다.

"그대는 나를 사랑하게 되었다고 말했소. 용서하오. 물론 나는

그대를 믿지만 그대가 불안해하는 것에는 어떤 이유가 있는 것 같소. 그것이 대체 무엇이오?"

'지금 말하지 않는다면 영원히 기회는 없어. 어차피 언젠가는 알게 될 텐데…… 이제는 날 떠나지 못할 거야. 만약 떠나버리면 어쩌지? 오, 생각하고 싶지도 않아!'

그녀는 생각했다.

그리고 그녀는 건장하고 훤칠한 키에 귀족 티가 흐르는 그의 모습을 애정 어린 눈으로 바라보았다. 그녀는 황제보다 그를 더욱 사랑하고 있었다. 만약 황제만 아니었다면 카사스키를 선택했을 것이었다.

"모두 말씀드리겠어요. 난 당신을 속일 수가 없어요. 내가 무엇 때문에 불안해 하냐고 물었지요?"

그녀는 애원하듯 손짓하는 그의 손 위에 자신의 손을 올려놓았다. 그는 아무 말도 하지 않았다.

"그가 누군지 알고 싶으세요? 바로 황제예요."

"우리 모두가 그분을 사랑하오. 나 역시 학교에 다닐 때……."

"아니에요, 그 이후의 일이에요. 물론 열병같이 지나가 버렸지요. 하지만 말씀드려야 할 것 같아서……."

"그게 어떻단 말이오?"

"아니에요, 단순한 정도가 아니었어요."

그녀는 두 손으로 얼굴을 가렸다.

"어떻게? 그분께 몸까지 바쳤다는 말인가요?"

그녀는 아무 말도 하지 않았다.

벌떡 일어나 그녀 앞에 선 그의 얼굴은 순식간에 죽은 사람처럼 창백해지면서 심한 경련을 일으키고 있었다. 네브스키에서 니콜라이 황제를 만났을 때, 그가 상냥하게 축하해 주던 모습이 떠올랐다.

"하느님 맙소사, 내가 무슨 짓을 한 거야!"

"날 건드리지 마시오. 마음이 찢겨져 나가는 것 같구려!"

그는 그렇게 돌아서서 곧장 집으로 돌아왔다. 그의 어머니가 집에 있었다.

"공작께서 무슨 일이 있으셨나? 나는……."

그의 얼굴을 본 그녀는 말을 이을 수 없었다. 갑자기 그의 얼굴에 피가 솟구쳤다.

"알고 있으면서 날 이용해 소문을 덮어두려고 했나요? 여자만 아니었다면……."

그는 소리를 지르며 그녀를 향해 커다란 주먹을 불끈 들어올려 보이곤 뒤돌아 뛰어나갔다. 약혼녀의 옛 연인이 평범한 사람이었다면 카사스키는 그를 죽였을 것이다. 하지만 그 사람은 바로 존경하는 황제였다.

다음 날 그는 제대 신청을 했다. 아무도 보고 싶지 않았으므로 병에 걸렸다는 구실로 시골로 내려가 버렸다. 그는 자기 신변의 일들을 차분히 정리하면서 여름 내내 시골에 머물렀다. 여름은 끝났지만 그는 페테르부르크로 돌아가지 않았다. 그리고 수도승이 되기 위해 수도원으로 들어간 것이다.

그의 어머니는 아들의 이러한 단호한 결정을 만류하기 위해 편지를 썼으나 그는 하느님을 모시는 일은 그 어떤 일보다도 고결한 것이고 자신은 그것을 깨닫고 있다고 답장에 적었다. 카사스키를 이해해 주는 사람은 오직 오빠만큼이나 자존심과 야망이 강한 그의 누이뿐이었다.

그의 누이는 카사스키가 자기 앞에서 거드름을 피우던 상류층 사람들보다 더 높은 사람이 되기 위해 수도자의 길을 택했다고 이해했다. 카사스키는 수도사가 됨으로써 자신이 전에 부러워했던 사람들을 아래로 내려볼 수 있는 새로운 위치에 서서 근무했을 때, 그 자신과 다른 사람들이 중요하게 여겼던 모든 것을 멸시한다는 것을 보여주고 있었다. 그리고 그녀는 모든 것을 제대로 이해하고 있었다.

그렇지만 그의 누이 바바라가 생각하고 있는 것이 전부는 아니었다. 그의 감정 속에는 그의 누이도 모르는 종교적인 이유가 내재하고 있었는데 이러한 감정은 자부심과 최고에 대한 욕망으로 뒤엉켜 그를 지배하고 있었다. 천사라고 생각했던 메리에 대한 실망은 그에게 심한 모욕을 주었고, 결국 그를 절망으로 이끌었다. 절망의 끝은 어디일까? 하느님에 대한 믿음, 그 안에는 결코 어떤 것으로도 파괴되지 않는 순수한 믿음이 있었다.

III

 성모 승천일에 카사스키는 수도원으로 들어갔다. 귀족 출신인 늙은 수도원장은 학자이자 작가였고 선택된 지도자나 스승에게 속해 있는 발라히야로부터 실행되는 수도사 승계에 속했다. 수도원장은 유명한 암브로시의 제자였고, 암브로시는 마카리의 제자였고, 마카리는 늙은 수도승 레오니드의 제자였으며, 레오니드는 파

이시 벨리츠코브스키의 제자였다. 그리고 카사스키는 이 수도원장의 제자로 예속되어 있었다.

카사스키는 다른 사람들에 대한 우월감 외에도, 수도원에서 그가 행하는 모든 일에서 최상의 완벽을 이룬다는 것에 육체적으로나 정신적으로 기쁨을 느꼈다. 군 시절에 그가 단순히 나무랄 데 없는 장교였던 것만 아니라, 필요한 것보다 훨씬 더 많은 노력을 기울이며 완벽을 추구하는 장교였던 것처럼 그는 그런 수도승이었다. 그는 완벽한 수도승이 되려고 노력했다. 그래서 그는 항상 근면하고 절제 있고 또한 온순하고 순수한 사람이 되려고 노력했는데 그의 이러한 성격은 일을 처리할 때뿐만 아니라 그의 사고방식에서도 나타났다. 특히 이러한 수도자적인 성격은 그의 삶을 편안하게 해 주었다.

대도시에 인접해 있기 때문에 신도들의 방문이 잦은 수도원에서의 수도자 생활이 가져다 주는 많은 욕망이 때때로 그를 유혹하고 마음을 불편하게 할 때면, 충실한 수도 생활을 함으로써 문제를 해결했다. '이것은 내가 판단할 일이 아니야, 나는 단지 정해진 수도 생활을 할 뿐이다. 성자의 유골 옆에 서 있든지, 찬양하든지, 또는 회계장부를 보든지 마찬가지다.'라고 그는 생각했다. 이렇듯 온갖 의구심이 생길 때면 그는 늙은 수도승에게 순종하면서 마음을 가다듬었다. 만약 그가 수도승이 아니었다면 수도생활에서 오는 연속적인 단조로움이나, 분주히 오가는 신자들의 방문, 그리고 다른 수도승들의 저속함 때문에 견디기 어려웠을 것이다. 하지만 지금 그는 이 모든 것들을 단순한 기쁨으로 받아들이고 있는 것이 아니라 삶의 위안으로 삶을 지탱하는 힘으로 받아들이고 있었다.

'나는 왜 하루에도 여러 번 똑같은 기도를 드려야 하는지 모르지만 필요하다는 것은 알고 있다. 그리고 기도가 필요하다는 것을 알기에 나는 그 안에서 기쁨을 찾는다.'

수도원장은 육체의 생명을 유지하기 위해 식량이 필요하듯이 정신적인 생명을 유지하기 위해서는 기도와 같은 영적인 식량이 필요한 것이라고 말했다. 카사스키는 그 말을 믿었으므로 기도에 참여했고 아침마다 예배를 드리기 위해 힘겹게 올라 다녔지만 그는 의심의 여지 없는 안락함과 기쁨을 느꼈다. 이러한 기쁨은 늙은 수도원장에 의해 정해진 모든 행동에 대한 확신과 순종하는 마음을 가져다 주었다. 삶에 대한 관심은 단지 자기 의지를 정복하는 것에만 있었던 것이 아니라, 처음엔 쉽게 여겨졌던 기독교적인 선행을 이루는 것에도 있었다. 그래서 그는 자신에게 남아있던 전 재산을 전혀 아까워하지 않고 전부 수도원에 기부했다. 자신보다 못한 사람들 앞에서 겸손하게 행동하는 것이 힘들기는커녕 즐겁기만 했다. 또한 그는 탐욕과 욕정에서 오는 죄악도 쉽게 극복할 수 있었다. 특히 늙은 수도원장은 색욕의 죄를 범하지 않도록 주의를 주었는데 카사스키 자신은 색욕으로부터 자유로웠으므로 이러한 사실이 매우 기뻤다.

단지 때때로 약혼녀에 대한 기억이 그를 괴롭히곤 했지만 그것은 과거에 대한 단순한 슬픈 기억이 아니라, 현실적으로 가능했던 생생한 영상들이 그의 머리를 분주히 돌아다녔다. 그는 나중에 결혼하여 아이를 낳은 사랑스런 약혼녀의 얼굴을 무의식적으로 떠올리곤 했다. 그녀의 남편에겐 중요한 지위, 권력, 존경, 그리고 참회한 훌륭한 아내가 있었다.

기분이 좋을 때에는 이런 생각들 때문에 마음이 혼란스럽지 않았다. 오히려 온갖 유혹으로부터 도망쳐 나왔다고 생각하면 그는 마냥 기뻤다. 하지만 그가 삶의 의미로 여겼던 모든 것들이 갑자기 그의 앞을 흐리게 만들 때, 그는 삶의 의미를 믿지 않게 되는 것이 아니라 더 이상 내면 속에서 삶의 의미를 찾아 볼 수 없게 되는 것이었다.

이런 상황에서 벗어나는 길은 오직 온종일 바쁘게 기도하면서 수도생활에만 전념하는 것이었다. 그는 여느 때처럼 머리가 땅에 닿도록 기도했다. 어쩌면 그 이상으로 특별한 기도를 하고 있었다. 그러나 그는 정신이 아닌 육체로만 기도하고 있었고 이러한 기도는 하루, 때론 이틀간 계속되었는데 끔찍한 일이었다. 카사스키는 신도 아닌 그렇다고 자기 자신도 아닌 어떤 낯선 손아귀에 들어가 있는 것처럼 느껴졌다. 그래서 그가 유일하게 할 수 있는 일이란 아무런 결정도 내리지 않고 참고 기다리기 위해서 수도원장의 충고를 듣는 것이었다. 카사스키는 자기 의지가 아닌 수도원장의 의지대로 살고 있었으며 그는 그 안에서 평화를 찾아가고 있었다.

 그는 그렇게 7년 동안 처음 사제생활을 시작한 수도원에서 초기 수도자 생활을 했다. 만 3년째 되던 해에 그는 수도사제가 되기 위한 삭발례를 올리고 세르기라는 이름으로 사제서품을 받았다. 삭발례는 세르기에겐 중요한 내면적 사건이었다. 그는 성찬을 거행할 때 예전처럼 큰 위안과 정신적 고양을 경험했다. 그리고 나중에 혼자 모든 책임을 맡아 봉헌기도를 하게 되었을 때 그는 환희에 가득한 감동을 받았다. 그러나 시간이 지날수록 이러한 감정은 점점 더 무디어져만 갔다. 한 번은 이런 일이 있었다. 때때로 그에게 일어나는 일이긴 했지만 심적으로 억눌린 상태에서 미사를 드리고 있는데 이런 우울한 기분이 곧 사라질 것이라는 느낌이 들자 정말로 사라져 버린 것이다. 실제로 감정은 메말라 버리고 습관만 남아 있었다.

 아무튼 수도원에서 7년째 되던 해는 세르기에게 있어서 매우 무료한 날들이었다. 그는 배워야만 하고 성취해야만 하는 모든 것들을 이루었기 때문에 더 이상 아무것도 할 일이 없었다.

 그리고 나중에는 이러한 감정의 고갈

상태가 더욱 심화되고 있었다. 이 시기에 그는 어머니의 죽음과 메리의 결혼 소식을 접하게 되었는데, 이 두 사건조차도 그의 감정을 되살려 놓지는 못했다. 그의 모든 관심은 온통 자신의 내면 세계로 집중되어 있었다. 수도원 생활 4년째 되던 해에 만약 더 높은 직위로 임명되면 절대 거절하지 말라고 세르기를 총애하던 주교가 충고를 했다. 당시 수도자들에게 그렇게도 역겹게 느껴졌던 수도원 생활에서의 야망이 그의 내부에서 고개를 들고 있었다.

그는 지금의 수도원에서 가까운 수도원으로 보내졌다. 세르기는 거절하고 싶었지만 수도원장이 수락하도록 명령을 내렸으므로 받아들이기로 했다. 세르기에게 있어서 대도시에 위치하고 있는 수도원으로 자리를 옮긴 것은 커다란 사건이었다. 그곳엔 온갖 유혹이 가득했고 그래서 그의 온 힘은 그러한 유혹들을 뿌리치는 데 집중되었다.

지난번 수도원에서는 여자 때문에 괴로웠던 적은 거의 없었다. 하지만 지금은 엄청난 위력으로 고개를 들더니, 마침내 이러한 유혹은 구체적인 형태까지 갖추게 되었다. 한 번은 방탕하기로 유명한 한 여인이 세르기 앞에서 교태를 부리기 시작하더니 세르기에게 먼저 접근하여 말을 붙인 후, 자기 집에 방문해 줄 것을 청했다. 세르기는 단호히 거절했지만 자기 내면에 잠재하고 있는 욕망이 얼마나 확실한 것인지 스스로 놀랄 정도였다. 그는 너무도 당황하여 스승에게 편지를 썼으며, 또한 부끄러움을 무릅쓰고 젊은 수사에게 자신의 나약함을 고백하면서 자기가 아무 곳에도 혼자 가지 못하도록 지켜봐 줄 것을 부탁했다.

게다가 세르기에게 또 하나 가장 큰 시험은 새로운 수도원의 원장에 대한 엄청난 혐오감을 극복하는 것이었다. 이 수도원장은 세속적이고 교활한 사람으로 수도원에서의 출세를 꾀하고 있었다. 그는 온 힘을 다해 수도원장에 대한 혐오감을 극복하려고 노력했지만 쉬운 일이 아니었다. 결국 평화를 찾은 듯 했으나 마음 깊은 곳에선 끊임없이 수도원장을 비판하고 있었다. 그리고 이러한 감정은 갑자기 폭발했다.

새로운 수도원에서 시간을 보낸 지 2년째 되던 어느 날이었다. 마침내 그의 감정이 폭발한 그날은 성모 승천일이라 회당에서 저녁미사가 거행되고 있었는데 외부에서 많은 신도들이 방문했기 때문에 수도원장이 직접 미사를 집전하고 있었다. 세르기 신부도 정해진 자기 자리에서 미사에 참여할 때, 특히 대회당에서 자신이 직접 미사를 집전하지 않을 때 느끼는 그런 마음의 갈등 속에서 미사를 드리고 있었다.

그의 마음 속에 내재하고 있는 내적 갈등은 대부분 신도들, 특히 여신도들에 의한 것이었다. 그는 자기 주변에서 일어나는 어떤 모습도 보지 않으려고 노력하고 있었다. 군인이 신도들을 밀치며 그들을 안내하는 모습이나 또는 귀부인들이 수도승들을, 특히 유명하고 잘생긴 젊은 수도승을 손가락으로 가리키는 모습을 보지 않기 위해서 성상 옆에 켜 놓은 촛불과 성상 그리고 신부님만을 쳐다보려고 정신을 집중시켰다. 또한 그는 리듬 속에 흐르는 기도문 외엔 아무것도 듣지 않기 위해 그리고 직무를 수행할 때 익숙해진 기도문을 몇 번이고 듣고 반복하면서 느낄 수 있는 무아지경 외엔 어떤 느낌도 갖지 않기 위해 노력했다.

그는 선 채 기도하면서 필요한 순간마다 성호를 그었다. 그는 때론 냉혹하게 비난하는 일에 그리고 때론 의식적으로 사고와 감정을 마비시키는 일에 정신을 집중시키며 자기 자신과 싸웠다. 그때 수도원을 관리하는 니코딤 신부가 세르기에게 다가와서 허리를 90도로 숙여 절하곤, 수도원장이 제단 쪽으로 오라고 했다는 말을 전했다. 니코딤 신부는 수도원장에게 아첨하는 위선적인 사람이었는데 세르기 신부에게는 또 하나의 커다란 시험인 셈이었다. 세르기 신부는 긴 망토를 고쳐 입고 모자를 쓴 다음 군중들 사이를 헤치고 조심스럽게 나갔다.

"리자! 오른쪽을 좀 봐, 저 사람이야."

여자 목소리가 들려왔다.

"어디, 어디? 그렇게 잘생기지도 않았는데!"

그는 여자들이 자기에 관해서 말하고 있다는 것을 알고 있었다. 그래서 이런 말이 들리자 그는 유혹을 받을 때 늘 하던 것처럼, '우리를 시험에 들지 말게 하옵소서'라고 되풀이하여 암송했다. 시선을 아래로 떨구고 고개를 숙인 채, 독경대를 지나 미사제복 차림으로 제단 앞을 지나는 사제들을 우회하여 북문으로 들어갔다. 그는 제단으로 들어가며 관례에 따라 성상 앞에서 성호를 그었다. 그리고 몸을 깊숙이 숙여 인사하고는 고개를 들어 수도원장을 쳐다보고 말하려는 순간, 어떤 다른 번쩍거리는 형상이 수도원장 옆에 서 있는 것이 눈에 들어왔다.

수도원장은 짧고 통통한 손을 제의 밑에서 꺼내어 배 위에 놓고 벽 옆에 서 있었다. 그는 시종 웃는 얼굴로 제의의 끈을 만지작거리면서 세르기 신부가 군대생활로 눈에 익은 문자장식과 견장이 달린 장군 복장을 한 군인과 무언가 이야기를 나누고 있었다.

이 남자는 세르기가 군대생활을 할 당시 연대장이었다. 그리고 지금은 그의 복장으로 보아 중요한 위치에 있다는 것을 쉽게 알 수 있었다. 세르기 신부는 이미 수도원장이 자기에 대해 알고 있어서, 그의 살이 찐 붉은 얼굴과 대머리가 빛나고 있다는 것을 금방 알아

차릴 수 있었다. 그러자 그는 모욕감과 화가 치밀어 올랐다. 더욱이 수도원장이 세르기를 부른 이유가 특별히 다른 일이 있어서가 아니라, 단지 옛 부하를 만나게 해줌으로써 장군에게 만족을 주기 위해서였다는 사실을 들었을 때 그의 불쾌함은 한층 더 고조되었다.

"사제 복장을 한 자네를 보니 정말 반갑네. 옛 친구를 잊은 건 아니겠지?"

장군이 손을 내밀며 말했다.

백발 사이로 이해한다는 듯이 웃고 있는 수도원장의 얼굴, 자만이 가득하여 귀족 티가 흐르는 말쑥한 장군의 얼굴, 숨을 쉴 때마다 장군의 입에서 풍겨 나오는 포도주 냄새, 그리고 구레나룻에서 나는 담배 냄새, 이 모든 것들이 세르기를 더욱 끓어오르게 만들었다. 그래도 그는 다시 한 번 수도원장에게 공손히 몸을 굽혀 인사하고 말했다.

"원장님, 저를 부르셨습니까?"

그는 그렇게 말하고 무슨 영문이지 모르겠다는 듯한 표정과 자세로 서 있었다.

그러자 수도원장이 말했다.

"아, 장군님을 만나 뵈라고 불렀네."

"원장님, 저는 유혹으로부터 벗어나고 싶어서 속세를 떠났습니다. 그런데 어찌하여 저를 이런 상황에 처하게 만드시는 겁니까?

지금은 미사중입니다."

이렇게 말하는 그의 얼굴은 창백해지고 입술은 떨리고 있었다.

"알았네. 가게나, 가게!"

그는 이맛살을 찌푸리더니 얼굴을 붉히면서 말했다.

다음 날 세르기 신부는 수도원장과 다른 사제에게 자신의 오만함에 대해 용서를 구했다. 그리고 밤새 기도한 끝에 수도원을 떠나야겠다고 마음먹고 예전 수도원으로 다시 돌아갈 수 있도록 허락해 달라고 애원하는 편지를 옛 수도원장에게 보냈다. 그는 스승의 도움 없이 혼자선 어떤 유혹과도 싸워나갈 힘도 능력도 없다고 적었다. 그리고 자기의 교만한 행동에 대해 참회했다.

다음 우편으로 옛 수도원장은 이 모든 고통의 시작은 세르기 자신의 교만에서 비롯된 것이라고 답장을 보내왔다. 더욱이 세르기가 분노를 느끼는 이유는 그가 성직의 명예를 거부한 이유가 신을 위해서가 아니라, 세르기 자신의 자존심을 위해서라는 것이었다. 그러므로 스승 자신은 세르기에게 아무런 도움이 되지 못할 것이라고 설명했지만, 그는 수도원장의 행위를 참아낼 수가 없었다.

'만약 자네가 신을 위해서 명예를 버리지 못한다면, 자네는 견뎌낼 수 없을 것일세. 세속적인 교만도 아직 사라지지 않았으니……. 세르기 사제, 신께서 내게 일깨워 주시어 자네를 위해 기도했다네. 예전과 같이 복종하면서 살게나. 근래에 은둔자 일라리온이 암자에서 성스러운 생을 마치셨다네. 그는 그곳에서 18년 간 지내셨지. 탐비노의 수도원장이 그곳에 살고 싶어하는 형제가 없느냐고 네게 물어왔다네. 마침 그때 자네의 편지를 받았구. 내가 편지를 써 줄 테니, 탐비노 수도원의 파이시 신부님을 찾아가 뵙도록 하게. 일라리온의 승방을 쓰면 될 것일세. 그렇다고 자네가 일라리온을 대신하는 것은 아니네. 단지 지금은 자네 스스로 교만함을 굴복시키기 위해서 독방이 필요할 것이라는 생각이네. 주님의 은총이 자네와 함께하실 것이네.'

세르기는 스승의 말씀에 따랐다. 그는 이 편지를 수도원장에게 보이고 허락을 받은 후, 자신의 소지품과 승방을 수도원에 넘기고 탐비노 수도원으로 떠났다.

탐비노 수도원에 도착하자 상인 출신인 훌륭한 수도원장이 담담하고 평범하게 세르기를 맞이했다. 그는 먼저 세르기를 승방으로 안내하여 짐을 풀도록 하고 세르기의 요청에 따라 그를 혼자 남겨두고 승방을 나왔다. 암자는 산 속에 파놓은 동굴이었으며 일라리온의 시신도 그곳에 잠들어 있었다. 그 옆에 짚을 깔아 만든 침상과 책상 그리고 성상과 책이 놓여 있는 선반이 있었다. 문 옆에도 잠겨 있는 또 하나의 선반이 있었는데 이 선반 위에는 수도원에서 하루에 한 번 갖다 주는 음식이 놓여 있었다. 이렇게 해서 세르기 신부는 은둔자가 된 것이다.

IV

세르기 신부가 은둔생활을 시작한 지 6년째 되던 해 사육제 기간 중에 팬케이크와 포도주를 마신 후 트로이카(세 마리의 말이 끄는 썰매)를 타기 위해 이웃 마을에서 남녀가 모였다. 그들의 모임에는 두 명의 변호사, 한 명의 돈 많은 지주와 장교 그리고 네 명의 여자가 섞여 있었는데 한 여자는 장교의 아내였고 두 번째 여자는 아름답고 부유한 이혼녀였으며 나머지 둘은 지주의 아내와 그녀의 미혼의 자매였다. 그들의 경망스럽고 괴상한 행동은 마을 사람들로부터 경악을 금치 못하게 만들었다.

날은 더없이 좋고 길은 마룻바닥처럼 깨끗하고 매끄러웠다. 그들은 마을을 벗어나 약 10베르스타(미터법 시행전 러시아의 거리단위. 1베르스타=약 1km) 정도를 달렸다.

"그런데 이 길은 어디로 가는 길이죠?"

아름다운 이혼녀 마코프키나가 물었다.

"탐비노로 가는 길입니다. 앞으로 12베르스타 남았습니다."

이혼녀 마코프키나의 꽁무니를 따라다니는 변호사가 말했다.

"그 다음은요?"

"그 다음은 L마을인데요, 수도원을 지납니다."

"어머, 세르기 신부가 있는 수도원 말인가요?"

"그렇습니다."

"카사스키요? 그 잘생긴 은둔자?"

"맞아요."

"신사 숙녀 여러분! 카사스키에게 가봅시다. 탐비노에서 식사하고 쉬어 가면 될 테니까요."

"그러면 오늘밤엔 집으로 돌아가지 못할 텐데요?"

"그게 어때서요. 카사스키가 있는 곳에서 하룻밤 묶으면 되죠."

"아, 그렇죠. 그곳엔 수도원 객사가 있으니, 그곳에서 머물면 되겠군요. 수도원의 객사도 썩 훌륭합니다. 전에 마힌을 변호할 때 거기에 머문 적이 있었거든요."

"아니요, 밤은 카사스키 거처에서 보낼 거예요."

"당신의 그 대단한 매력으로도 그 일은 불가능할 겁니다."

"불가능하다구요? 내기해요."

"좋습니다. 만약 당신이 그의 옆에서 밤을 보낸다면 당신이 원하는 무엇이든 하지요."

"그건 두고 보죠."

"당신도 마찬가지죠?"

"좋아요. 출발합시다!"

그들은 마부들에게 포도주를 권하고 자신들은 파이와 케이크, 포도주가 든 바구니를 꺼냈다. 귀부인들은 개가죽으로 만든 흰색 코트를 몸에 걸쳤고 마부들은 선두경쟁을 벌이며 달렸다. 그때 한

젊은 마부가 용감하게 옆으로 돌아서서, 긴 채찍을 들고 소리질렀다. 그러자 방울소리가 울리면서 말 뒤에 맨 썰매가 삐걱거렸다.

썰매가 조금씩 흔들리고 둔부에 맨 장식물 위로 꼬리가 단단히 묶여 있는 말이 질주하자 평평하고 매끄러운 도로가 뒤로 쏜살같이 달려나갔다. 마부가 고삐를 단단히 쥐고 속력에 온 정신을 집중하고 있을 때 변호사와 관리는 서로 마주보고 앉아 마코프키나 옆에 앉아 있는 여자와 쓸데없는 잡담으로 시간을 보내고 있었다. 마코프키나 자신은 단단히 코트를 여미고 부동자세로 앉아서 생각에 잠겨 있었다.

'달라진 게 아무것도 없어. 역겨운 일이야. 술 냄새와 담배 냄새를 역겹게 풍기는 빨갛게 윤기 흐르는 얼굴들, 같은 말, 같은 생각들, 모든 것이 역겹게 반복되고 있어. 모두들 그렇게 사는 것에 만족하고 죽을 때까지 계속 그렇게 살게 될 것이라고 확신하고 있잖아. 그렇지만 난 그럴 수 없어. 난 지루해. 무언가 이 세상을 흔들고 뒤엎어 버릴 일이 내겐 필요해. 사라토프에 있는 사람들처럼. 비록 그곳에 가서 얼어죽었을지도 모르지만……. 우리라면 어떻게 했을까? 어떻게 행동했을까? 아마, 비굴했을 테지. 각자 자기만 생각했을 테지. 나 또한 마찬가지였을 거야. 그렇지만 최소한 나는 아름답잖아. 그건 내 친구들 모두가 아는 사실이지. 그런데 그 수도승은? 정말로 그는 아름다움에 무관심할까? 아니, 그렇지 않을 거야. 이건 유일하게 모두가 이해하는 사실이잖아. 가을에 있었던 그 젊은 장교처럼 말야. 바보 같으니…….'

"이반 니콜라예비치!" 그녀가 불렀다.

"예, 왜 그러십니까?" 이반이 대답했다.

"그가 몇 살이지요?"

"누구 말입니까?"

"카사스키 말예요."

"내 생각엔, 마흔이 넘었을 걸요."

"그런데 누구나 다 만날 수 있나요?"

"그럼요, 누구든 만나지요. 그런데 늘 그런 건 아니에요."

"저기, 내 다리 좀 덮어 주세요. 아니요, 그렇게 말구요. 에이, 쑥

스러워하시기는. 조금만 더, 좀더요. 예, 됐어요."

어느덧 그들은 카사스키가 은거하고 있는 숲에 도착했다. 그리고 마코프키나는 썰매에서 내리면서 다른 사람들에겐 계속 가라고 말했다. 나머지 사람들은 그녀를 포기시키려고 설득했지만 그녀는 화를 내면서 그들에게 빨리 가라고 재촉했다. 썰매가 떠나자 그녀는 개가죽 코트를 걸치고 길을 따라 걸었다. 변호사는 썰매에서 내려 한동안 그녀의 모습을 지켜보고 있었다.

V

세르기 신부의 은둔생활은 6년째 접어들고 있었다. 그의 나이 이미 마흔 아홉이었고 그의 삶은 매우 힘겨웠다. 그에게 있어서 기도나 단식은 어려운 일이 아니었다. 그가 전혀 예상치 못했던 내적 갈등이 찾아온 것이었다. 그 갈등의 근원은 종교적인 불신과 성욕에서 비롯된 것이었으며 이것은 늘 함께 찾아왔다. 처음엔 이 갈등을 서로 다른 별개의 것으로 생각했다. 그러던 어느 날 이 두 개의 적이 결국은 하나라는 것을 알게 되었다. 의심이 사라지는 순간 성욕도 함께 사라지는 것이었다. 그러나 그는 이 두 악마를 서로 다른 것이라고 생각하고 각각 별개인 것처럼 싸우고 있었다. 그는 생각했다.

'오, 하느님! 하느님! 왜 저에게 믿음을 주시지 않는 것입니까? 성 안토니를 비롯해 다른 성자들도 그 성욕과 싸웠지만 그들에게는 믿음이 있었습니다. 제겐 시시때때로 믿음이 사라져 버리는 순간들이 있습니다. 세상이 죄악으로 가득하고, 우리가 세상을 거부해야 한다면, 왜 세상은 이토록 아름다운 것입니까? 어째서 당신은 이런 유혹을 창조하셨습니까? 유혹? 세상의 즐거움으로부터 도망쳐야만 하고, 어쩌면 존재하지 않을지도 모르는 어떤 것을 위해 준비하며 살아간다는 것이 유혹이 아닙니까?'

그는 독백했다. 자신이 두렵고 혐오스러웠다. '역겹다! 역겨워! 성자가 되고 싶어하잖아.' 자신에게 욕을 퍼부으며 기도하기 시작했다. 그러나 기도를 시작하자마자 그 자신이 수도원에서 어떤 사람이었는지 생생하게 떠올랐다. 법의에 모자를 쓴 위풍당당한 모습이었다. 그는 잡념을 떨쳐버리려는 듯 고개를 흔들었다. '아니, 아니야. 이건 위선이야. 다른 사람을 속일 수는 있어도 내 자신과 하느님을 속일 수는 없어. 난 가련하고 보잘것 없는 인간에 불과해.' 그는 법의의 앞깃을 걷어올리고 바지 속에 있는 자신의 가냘픈 다리를 바라보았다.

웃음이 나왔다. 그는 법의의 깃을 내리고 성호를 그은 후, 엎드려 기도문을 읽기 시작했다. '정말 저 침상이 내 관이 될 것인가?' 온갖 잡념이 떠올랐지만 계속 기도문을 읽었다. 마치 어떤 악마가 그의 귀에 대고 속삭이는 듯했다. '저 외로운 침상은 관이나 다름없지.' 그리고 과거에 자기와 함께 살았던 한 과부의 드러난 어깨가 머리에 떠올랐다. 그는 괴로운 듯 몸을 흔들며 계속 기도문을 읽었다. 계율을 다 읽은 뒤, 이번엔 복음서를 꺼내들고 자주 읽어서 외울 정도가 되어버린 구절을 펼쳤다. '믿습니다. 주여, 저의 불신을 도와주소서.' 그리고 그는 끊임없이 일어나는 모든 의문을 가라앉혔다. 마치 균형을 못 잡고 흔들거리는 물건을 세워놓은 사람처럼 그는 흔들리는 다리 위에 자신의 믿음을 다시 세워놓고 건드리거나 떨어트리지 않기 위해 조심스럽게 물러섰다.

모든 의구심이 사라지자, 다시 마음의 평화가 찾아왔다. 그는 어린이 기도문을 되풀이하여 암송했다. '주여, 거두어 주소서! 저를 거두어 주소서!' 한결 마음이 가벼워지면서 즐겁고 평온해졌다. 그는 성호를 긋고 난 다음, 여름 법의를 머리에 베고 좁은 의자에 잠자리를 펴고 누웠다. 그리고 곧 잠에 빠져들었다. 잠결에 딸랑거리는 종소리를 들은 듯했으나 꿈인지 생시인지 알 수 없었다. 그때 갑자기 문을 두드리는 소리가 들렸다. 그는 일어났다. 도저히 자신의 귀를 의심하지 않을 수가 없었다. 그때 또 다시 가까이 바로 자기의 방문을 두드리는 소리와 함께 여인의 목소리가 들려왔다.

'하느님 맙소사! 성자들의 전기를 읽다보면 악마는 여자의 모습으로 나타난다고 적혀 있지 않았던가? 저건 여자의 목소리인데……. 오, 감미롭고 부드럽기도 해라. 퉤! 그는 재수 없다는 듯이 바닥에 침을 뱉었다. '아니야, 잘못들은 걸 거야.' 그리고 경탁이 놓인 모퉁이 쪽으로 다가가서 움직이기에 안락하고 편안하다고 느껴지는 바르고 익숙한 자세로 무릎을 꿇고 앉았다. 머리카락이 얼굴로 흘러내렸다. 그는 이미 훤하게 드러난 이마를 차갑고 축축한 낡은 깔개에 떨구었다.

그는 유혹이 있을 때 읽으면 도움이 될 것이라고 늙은 피멘 신부가 말해 주었던 시편을 읽기 시작했다. 그리고 자기의 마르고 가벼운 몸을 강하고 예민한 다리로 지탱하며 가볍게 일어섰다. 그러나 읽는데 집중하면 할수록 무의식적으로 밖의 소리에 귀를 기울이게 되는 것이었다. 그는 그 소리를 다시 듣고 싶었다. 주위는 고요했다. 지붕 한쪽 구석에 세워 놓은 작은 통으로 떨어지는 귀에 익은 물방울 소리만 들렸다. 문밖은 눈을 가득 머금은 짙은 안개로 덮여 있었다. 고요했다. 그때 갑자기 창문이 흔들리더니 바로 전에 들었던 그 부드럽고 겁먹은 듯한 여성의 목소리가 들려왔다. 분명 매력적인 여인임에 틀림없을 그런 목소리였다.

"제발 들여보내 주세요."

피가 온통 심장으로 모여 심장이 멎을 것만 같았다. 숨을 쉴 수 없었다.

"주여, 나타나시어 문을 열어주소서."

"난 악마가 아니에요. 간접적인 의미에서가 아니라 문자 그대로

길을 잃은 죄 많은 여자일 뿐이에요." 그녀는 웃고 있었다.

"몸이 얼어붙었어요. 제발 추위를 피하게……."

그는 창문에 얼굴을 갖다댔다. 조그마한 성상의 등불이 창을 비추었다. 그는 두 손바닥으로 빛이 들어오지 못하도록 얼굴을 가린 다음 눈을 창에 대고 밖을 내다보았다. 안개, 나무, 그리고 오른쪽에 바로 그녀가 서 있었다. 긴 코트 차림에 모자를 쓴 사랑스럽고 선하게 생긴 한 여인이 놀란 얼굴로 그의 얼굴에서 불과 1베르쇼크(미터법 시행전 러시아의 길이단위. 1베르쇼크=약 4.5cm) 정도 떨어진 곳에 서 있었다. 시선이 마주쳤다. 순간 그들은 전부터 서로 알고 있는 것처럼 느껴졌다. 물론 그들은 전에 서로 만난 적이 없는 사람들이었지만 서로에게 눈길을 주고받던 순간, 그들은 서로를 알고 이해하고 있음을 느꼈다. 이 사랑스럽고 아름답고 평범치 않은 여자의 눈빛을 보고 악령이라고 의심할 수는 없었다.

"당신은 누구시오? 어떻게 왔소?" 그가 물었다.

"문 좀 열어주세요. 얼어죽겠어요. 말씀드렸잖아요, 길을 잃었다구요." 그녀는 변덕스럽고 오만한 목소리로 말했다.

"하지만 난 수도승이요, 은둔자란 말이오."

"그게 어때서요, 문이나 열어 주세요. 당신이 기도하는 동안 내가 창 밑에서 얼어죽길 바라는 건 아니시겠죠?"

"아니 어떻게 그런 말을……."

"당신을 잡아먹기라도 할까봐 그러세요? 제발 들여보내 주세요.

추워서 죽을 지경이에요."

 그녀는 정말로 무서워지기 시작했다. 그래서 거의 울먹이는 목소리로 말했다. 그는 창에서 물러나 가시면류관을 쓴 주님의 성상을 향해 성호를 긋고 허리를 굽혀 경배하며 말했다.

 '주여, 도와주소서. 주여, 도와주소서!'

 그는 문 쪽으로 다가갔다. 문을 열고 현관으로 나가 현관문의 걸쇠를 올리는데 그녀가 문 쪽으로 건너오는 발자국 소리가 들려왔다. 그리고 연이어 '어머!' 하는 그녀의 놀란 목소리가 들렸다. 그녀가 현관 입구에 고인 진흙탕에 다리가 빠졌다는 것을 알 수 있었다. 그는 손이 떨려서 팽팽하게 긴장되어 있는 걸쇠를 도저히 걷어올릴 수가 없었다.

 "어서 들어가게 해 주세요. 온통 흠뻑 젖어서 이러다가는 얼어죽겠어요. 제가 얼어죽는 동안에도 당신은 영혼의 구제만 생각하고 계시는군요."

 그는 걸쇠를 올리기 위해 문을 자기 쪽으로 잡아당겼는데 힘의 반동을 염두에 두지 않고 확 밀어젖혀서 순간 그녀가 문에 부딪히고 말았다.

 "오, 미안합니다!" 그는 무의식적으로 과거에 귀부인들과 교제할 때 사용했던 언어습관대로 말했다. 그녀는 '미안합니다'라는 말을 듣고 살며시 미소지었다. '아직까지는 그렇게 끔찍하지 않은 걸······.' 그녀는 생각했다.

"아니요, 괜찮아요. 오히려 제가 죄송하지요. 이런 황당한 상황에 처하다니."

"괜찮습니다."

그녀가 옆으로 지나가도록 양보하면서 그가 말했다. 오랫동안 맡아보지 못했던 진하고 부드러운 향수 냄새가 그를 취하게 했다. 그녀는 현관을 지나 승방으로 들어갔다. 그는 걸쇠를 채우지 않은 채 바깥문을 닫고 그녀의 뒤를 따라 방으로 들어갔다.

'오, 주여. 하느님의 아들이시여! 이 죄인을 불쌍히 여기소서, 이 죄인을 불쌍히 여기소서!' 그는 마음속으로 뿐만 아니라 무의식적으로 입을 움직이며 가는 소리를 내어 기도하고 있었다.

"어서오십시오." 그가 말했다.

그녀는 바닥에 물방울을 떨어뜨리며 방 한가운데서 그를 살피며 서 있었다. 그녀의 눈은 웃고 있었다.

"당신의 은둔생활을 방해하게 돼서 죄송해요. 용서해 주시길 바래요. 그렇지만 보시다시피 내 상황이 이 모양이니……. 사실은 트로이카를 타기 위해 시내에서 왔어요. 그리고 보로비요프카에서 시내까지 혼자 걸어 갈 수 있다는 데 내기를 걸었지요. 그런데 길에서 벗어나고 말았어요. 만약 이곳을 발견하지 못했다면……."

그녀는 거짓말하기 시작했다. 그러나 그의 얼굴을 보자 그녀는 당황하여 더 이상 말을 계속할 수가 없었다. 세르기 신부는 그녀가 기대했던 그런 사람이 아니었다. 그는 그녀가 상상했던 것처럼 잘

생긴 외모는 아니었지만 그녀의 눈에 비친 그의 모습은 아름다웠다. 희끗희끗한 곱슬머리와 턱수염, 곧게 뻗은 코의 선, 타오르는 듯한 눈빛, 그녀를 직시하는 그의 모습은 그녀를 경이롭게 만들었다.

그는 그녀가 거짓말하고 있는 것을 알고 있었다.

"아, 그랬군요." 그는 그녀를 바라본 후 시선을 다시 아래로 떨구면서 말했다.

"난 저쪽으로 들어갈 테니, 여기서 편히 쉬세요."

그는 램프의 양초에 불을 붙였다. 그리고 낮게 허리를 굽혀 인사하고 칸막이 뒷방으로 들어갔다. 그가 이리저리 움직이는 소리가 들렸다. '분명 나로부터 자신을 보호하려는 거야.' 그녀는 재미있다는 듯이 웃으면서 생각했다. 흰 개가죽 코트를 벗고 난 후 머리에 엉킨 모자와 모자 속에 두른 숄을 벗었다. 창밖에 서 있을 때는 전혀 젖지 않았었고 다만 들어가기 위한 핑계로 젖었다고 말했던 것인데, 문 앞에 있는 웅덩이에 빠지는 바람에 왼발이 발목까지 젖었고, 구두 한 짝에는 물이 가득 차 있었다. 그녀는 겨우 깔개 하나 씩 어놓은 나무판 같은 침대에 걸터 앉아 구두를 벗기 시작했다.

이 작은 방은 확실히 그녀의 마음을 끄는 구석이 있었다. 폭이 3아르신(구 러시아의 척도단위. 1아르신=약 71.12cm) 정도이고 길이가 4아르신 정도 되는 작은 방이었는데 닦아놓은 유리처럼 깨끗했다. 방에는 지금 그녀가 앉아 있는 침대와 그 위에 매달린 선반의

책 그리고 구석에 놓여 있는 경탁이 거의 전부였다. 못이 박힌 벽에는 코트와 법의가 걸려 있었고 경탁 위엔 가시면류관을 쓴 그리스도의 형상과 램프가 있었다. 방에선 기름과 흙이 섞인 특유한 냄새가 났는데 그녀는 이러한 냄새마저도 좋았다. 모든 것이 만족스러웠다.

단지 젖은 발 때문에 신경이 쓰였지만 그녀는 즐거운 마음이 되어 계속 웃으며 신발을 벗었다. 내기에 이길 수 있다는 성취감 때문이 아니라 이 매력적이고 경이로우며 이상한 남자가 자기로 인해 동요하고 있다는 사실이 기뻤기 때문이었다.

"왜 대답이 없는 거야. 대체 무엇이 나쁘다는 거지." 그녀는 혼자 중얼거렸다.

"세르기 신부님! 세르기 신부님! 이렇게 부르면 되는 거죠?"

"무슨 일이요?" 조용한 목소리로 그가 말했다.

"신부님의 은둔 생활을 방해한 저를 용서해 주세요. 하지만 정말 어쩔 수 없었어요. 난 틀림없이 병에 걸리고 말았을 거예요. 지금도 몹시 젖어 있는 데다가 발은 마치 얼음 같아요."

"미안하오. 당신을 도와줄 수 없군요." 그가 대답했다.

"정말로 당신을 절대 방해하고 싶지 않았어요. 새벽까지만 있을게요."

그는 아무런 대답도 하지 않았다. 그녀는 중얼거리는 소리를 들었는데 분명 그가 기도하고 있는 것이라고 생각했다.

"신부님, 이쪽으로 오시지 않겠지요?"

그녀는 한입 가득 웃음을 머금고 물었다.

"몸을 말리기 위해 옷을 벗어야 될 것 같아서요."

역시 아무런 대답이 없었다. 다만 칸막이 너머로부터 일정한 목소리로 낭송하는 기도소리만 들려올 뿐이었다.

'물론, 저분도 인간인데······.' 젖은 구두를 벗으려고 애쓰면서 생각했다. 그녀는 구두를 잡아당겼지만 젖은 스타킹에 달라붙은 구두는 쉽게 벗겨지지 않았다. 그녀는 갑자기 우습다는 생각이 들었다. 처음에 그녀는 그에게 약간 들릴 정도로 웃었는데 그가 자신의 웃음소리를 듣고 자기가 바라는 대로 반응을 보일 것이라는 생각이 들자, 소리를 내어 웃기 시작했다. 그리고 이 명랑하고 자연스럽고 선한 웃음은 그녀가 원하던 대로 그에게 작용했다.

'그래, 저런 사람이라면 사랑해 볼 수도 있을 거야. 저 눈빛, 기도문을 중얼거리는 저 간결하고 고귀한 열정적인 얼굴······.' 그녀는 생각했다. '우리 여자들을 속일 순 없지. 그가 유리창에 얼굴을 대고 나를 본 순간, 그는 이미 날 이해했어. 그의 빛나는 눈빛은 분명 날 사랑하고 날 원하고 있었어.' 그녀는 마침내 신을 벗고 스타킹을 내리며 말하고 있었다. 밴드가 달린 긴 스타킹을 내리기 위해서는 스커트를 올려야만 했다. 그녀는 약간 부끄럽다는 생각이 들어 그에게 다시 말했다.

"들어오지 마세요."

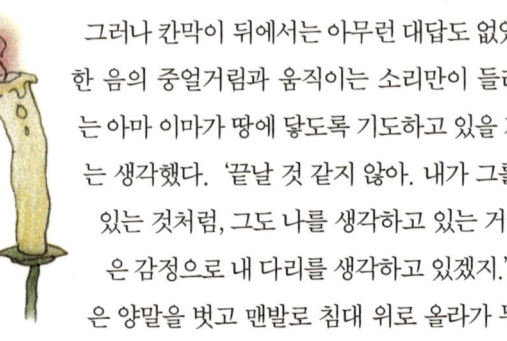

그러나 칸막이 뒤에서는 아무런 대답도 없었으며 일정한 음의 중얼거림과 움직이는 소리만이 들려왔다. '그는 아마 이마가 땅에 닿도록 기도하고 있을 거야.' 그녀는 생각했다. '끝날 것 같지 않아. 내가 그를 생각하고 있는 것처럼, 그도 나를 생각하고 있는 거야. 나와 같은 감정으로 내 다리를 생각하고 있겠지.' 그녀는 젖은 양말을 벗고 맨발로 침대 위로 올라가 무릎을 꿇고 앉으면서 혼자 중얼거렸다. 그리고 다시 무릎을 손으로 껴안곤 생각에 잠긴 듯 앞을 응시하면서 잠시 앉아 있었다. '여긴 은둔자들이 머무는 암자지, 정말 조용하구나. 아무도 찾아내지 못하겠군.'

그녀는 일어나서 양말을 난로의 통풍구에 널어 놓았다. 참으로 특이하게 생긴 통풍구였다. 그녀는 맨발로 바닥을 가볍게 디디며 침대로 돌아와선 다시 손으로 무릎을 모아 잡고 침대 위에 앉았다. 칸막이를 쳐 놓은 벽 뒤쪽에선 아무런 소리도 들리지 않았다. 그녀는 자신의 목에 걸고 있던 작은 시계를 들여다보았다. 새벽 2시였다. '그녀와 함께 온 일행이 3시경에 데리러 오겠다고 약속했다.' 이제 한 시간 가량 남아 있었다.

'어쩌지, 이렇게 혼자 앉아 있으라구. 대체 이게 뭐 하는 짓이야. 이건 싫어! 당장 그를 불러야겠어.'

"세르기 신부님! 세르기 신부님! 세르기 드미트리에비치! 카사스키 공작!"

아무런 반응이 없었다.

"신부님! 정말이지, 너무 잔인하시군요. 만약 필요하지 않다면, 부르지도 않았을 거예요. 난 지금 아프단 말예요. 어떻게 해야 할지 모르겠어요."

그녀는 고통스럽다는 듯이 말했다. '아아…….' 침대 위로 쓰러지면서 신음소리를 내기 시작했다. 그런데 이상하게도 그녀는 실제로 온몸에 힘이 빠지면서 전신이 쑤시고 열이 나는 것처럼 떨고 있음을 느꼈다.

"제발, 도와주세요. 어찌 해야 할지 모르겠어요. 아! 아!"

그녀는 옷의 앞단추를 풀어헤쳐 가슴을 드러내 보이고 팔목까지 노출된 팔을 내려놓았다. "아, 아!"

그 동안 세르기 신부는 문의 반대편에서 내내 기도하고 있었다. 저녁 기도문을 읽은 후 시선을 코끝에 고정시키면서 부동자세로 서서 영혼으로 반복하며 지혜를 주는 기도문을 암송했다. '주여, 하느님의 아들이시여, 저를 불쌍히 여기소서.'

그러나 그는 모든 것을 듣고 있었다. 실크원피스가 그녀의 몸을 타고 부드럽게 흘러 내리는 소리, 맨발로 마룻바닥을 걸어 다니는 그녀의 발자국 소리, 그리고 다리를 문지르고 있는 손의 움직임까지도 듣고 있었다. 그는 자신이 허약해지고 있고, 어느 한순간 무너질지 모른다는 느낌을 받았다. 그래서 그는 쉬지 않고 기도했던 것이다. 그는 주위를 살피지 않고 앞만 보고 나가야 하는 동화 속의 주인공이 경험할 만한 그런 비슷한 경험을 하고 있었다.

세르기 신부는 그녀가 내는 모든 소리를 듣고 있었고 자신의 주변에서 일어나는 위험을 감지하고 있었으므로 그것에서 벗어나는 길은 오직 기도에 전념하는 것이라고 생각했다. 그런데 갑자기 그녀를 보고싶다는 욕망이 그를 엄습해왔다. 바로 그 순간 그녀가 울먹이며 말하는 소리가 들렸다.

"이건 너무 비인간적이에요. 죽을 것 같아요."

'그래, 가야지. 한 손은 음부의 몸에, 다른 한 손은 화롯불에 올려놓았던 그 성자처럼 가야지. 그런데 여긴 화롯불이 없잖아.' 그는 방을 둘러보았다. 등불이 눈에 들어왔다. 그는 손가락을 불꽃 위에 대고 버텨볼 마음으로 얼굴을 찡그렸다. 길게만 느껴지는 시간이었다. 그러나 자신이 얼굴을 찌푸릴 만큼 고통스러운 건지 알 수가 없었다. 그는 등불에서 손을 치웠다.

'아니야, 난 이건 할 수 없어.'

"제발, 이리 좀 오세요. 죽을 것 같아요. 아……."

'내가 무너질 것인가? 그렇지 않아.'

"지금 가겠소."

그는 문을 열고 그녀를 보지 않고 방을 지나 그가 장작을 패던 현관으로 나갔다. 그곳에서 통나무와 벽에 세워둔 도끼를 더듬어 집어들었다.

"곧 가겠소!" 이렇게 말하곤 오른손에 도끼를 쥐고, 왼손 검지손

가락을 통나무 위에 올려놓은 다음 도끼를 들어올려 손가락 두 번째 마디 밑을 내리쳤다. 손가락은 통나무보다 가볍게 옆으로 튀어오르더니 통나무 모서리에서 빙그르 돌고는 마룻바닥에 툭하고 떨어졌다.

그는 아픔을 느끼기도 전에 손가락 마디가 떨어지는 소리를 들었다. 그리고 한숨 돌릴 틈도 없이 아픔이 몰려왔고 따뜻한 피가 흘러내리고 있음을 느낄 수 있었다. 그는 잘린 손가락 마디를 서둘러 법의로 감쌌다. 그리고 그 손가락을 배에다 힘껏 갖다 붙이고 방으로 돌아왔다. 그는 그녀의 맞은편에 서서 시선을 아래로 내리고 조용히 물었다.

"무엇을 도와드릴까요?"

왼쪽 뺨이 떨리고 있는 그의 창백한 얼굴을 보자 그녀는 갑자기 부끄러웠다. 그녀는 벌떡 일어나 모피를 걸쳐 자신의 몸을 감쌌다.

"저…… 몸이 아프고…… 감기에 걸렸나 봐요. 난…… 세르기 신부님…… 난……."

그는 고개를 들었다. 그리고 조용하고 기쁨이 넘치는 밝은 시선으로 그녀를 바라보며 말했다.

"사랑스런 자매여, 어찌하여 당신은 자신의 불멸한 영혼을 파멸시키려 하십니까? 세상엔 유혹이 있기 마련이지만, 유혹에 굴복한 자에게는 반드시 화가 있습니다. 우리 두 사람을 용서하시도록 하느님께 기도하시오."

그녀는 그를 바라보며 그의 말을 듣고 있었다. 그때 갑자기 어떤 액체가 떨어지는 소리가 들렸다. 자세히 살펴보니 핏방울이 그의 손에서 법의를 따라 흘러내리고 있었다.

"손을 어떻게 하신 거예요?"

그러자 조금 전 현관에서 들렸던 소리가 머리에 떠올랐다. 그녀는 작은 성상램프를 집어들고 황급히 현관으로 달려나갔다. 그리고 거기 마룻바닥 위에 피에 흥건히 젖어 있는 손가락 마디를 발견했다. 그녀는 세르기 신부보다 더 창백한 얼굴로 돌아왔다. 그리고 무슨 말인가 하려 했지만 세르기 신부가 아무런 말없이 건너편 방으로 들어가 문을 닫아버렸다.

"용서해 주세요. 이 죄를 어떻게 갚을 수 있을까요?" 그녀가 말했다.

"떠나시오."

"상처라도 매 드릴게요."

"이곳에서 떠나시오."

그녀는 아무 말없이 서둘러 옷을 입고 모피를 두르고 조용히 기다렸다. 밖에서 작은 방울소리가 들려왔다.

"세르기 신부님, 용서해 주세요."

"가시오, 하느님께서 당신을 용서할 것이요."

"세르기 신부님, 제 생활을 새롭게 바꾸겠어요. 저를 떠나지 말아주세요."

"가시오."

"절 용서하시고, 부디 축복해 주세요."

"성부와 성자와 성신의 이름으로. 이제 그만 가시오." 칸막이 뒤로부터 그의 목소리가 들려왔다.

그녀는 흐느껴 울면서 암자를 나왔다. 그때 변호사가 그녀를 향해 다가오고 있었다.

"결국, 당신이 이긴 것 같군요. 어디에 앉으시겠어요?"

"아무데나요."

그녀는 집으로 돌아올 때까지 한마디도 하지 않았다.

일 년 뒤, 그녀는 삭발례를 올리고 엄격한 수도생활을 해 나가고 있었다. 그녀의 스승인 아르세니아 수도사는 가끔 그녀에게 편지를 쓰곤 했다.

VI

그리고 세르기 신부는 또 다시 7년이라는 은둔생활을 보냈다. 은둔생활 초기에는 사람들이 가져오는 많은 물건들, 즉 차, 설탕, 흰빵, 우유, 의복, 그리고 나무들을 받았다. 그러나 시간이 지날수록 그의 생활은 더욱 엄격해졌다. 그래서 조금이라도 불필요하다고 생각되는 것은 무엇이든 거절했고 결국 일주일에 한 번씩 흑 빵만을 받게 되었고 나머지 물건들은 모두 그를 찾아오는 가난한 사람들에게 나누어 주었다.

그는 대부분의 시간을 움막에서 기도를 드리거나, 점점 늘어나는 방문객들과 담소를 나누면서 보냈다. 일 년에 세 번 정도 물과 장작이 필요할 때만 본당에 들르곤 했다.

이런 생활을 한 지 5년이 지나서 마코프키나의 야간 방문과 그 이후 그녀가 삶의 변화를 일으켜 수도원으로 들어갔다는 것이 온 천지에 알려졌다. 그때부터 세르기 신부의 명성은 더욱 높아졌고 방문객의 수도 점점 늘어났다. 그리고 젊은 수도승들은 너나할것 없이 그의 주위에 머물렀고 급기야 객사가 딸린 교회가 세워졌다. 명성이라는 것이 늘 그렇듯이, 그의 공적 또한 과장되게 포장되어 점점 멀리 퍼져나갔다. 사람들은 아주 먼 곳에서도 그를 보기 위해 찾아왔고, 병자를 치유할 능력이 그에게 있다고 확신하곤 환자들을 데려오기 시작했다.

처음으로 그가 병자를 고친 것은 은둔생활을 시작한 지 8년째 되던 해였다. 14세의 소년이었는데 소년의 어머니는 소년을 데려와서 세르기 신부가 아이에게 손을 얹어주기를 바랬다. 그런데 정작 세르기 자신은 병을 고칠 수 있으리라는 생각은 결코 해본 적이 없었다. 오히려 그런 생각은 큰 죄악에 이르는 자만이라고 여겼다.

그러나 소년을 데려온 어머니는 세르기 다리 밑에 엎드려 물러서지 않고 애원하며 말했다.

"다른 사람들은 고쳐주면서 어째서 내 아들은 도와주려 하지 않는 것입니까? 주님의 이름으로 간청합니다."

하느님만이 고칠 수 있다고 세르기 신부가 말하자, 아이의 어머니는 단지 손을 아이에게 얹고 기도해 달라는 것이었다. 그러나 그는 거절하고 승방으로 되돌아갔다.

다음 날 새벽(이때는 가을이었으므로 밤 공기가 차가웠다) 물을 가지러 가려고 움막을 나오다가, 바로 그 소년의 어머니가 14세 된 깡마른 소년을 데리고 있는 것을 보았다. 그리고 같은 간청을 하는 것이었다. 그 순간 세르기 신부는 공정한 판결에 대한 우화를 떠올렸고 거절해야 한다고 확고히 믿었던 처음과는 달리 기도하기 시작했다. 마음에 결심이 설 때까지 계속해서 기도했다. 그리고 그녀의 청을 들어주기로 마음먹었다. 그녀의 강한 믿음이 아이를 구할 수도 있었다. 다만 세르기 신부는 하느님이 선택하신 도구일 뿐이었다.

세르기 신부는 그녀가 애원한 대로 소년의 머리에 손을 얹고 기도했다. 소년의 어머니는 아들과 함께 편안한 마음으로 떠났다. 그리고 그들이 떠난 지 한 달 만에 소년은 씻은 듯이 나았다. 세르기 신부님의 신성한 치유능력에 대한 명성은 널리 퍼져나갔다. 그때부터 세르기 신부에게 병자가 오지 않는 주일이 없었다. 어떤 간청은 들어주면서, 다른 간청은 거절할 수가 없었다. 그래서 그는 그들의 몸에 손을 얹고 기도했으며 많은 사람들이 치유되자 그의 명성은 점점 더 널리 퍼졌다.

그렇게 해서 9년이라는 수도원 생활이 지났고 움막에서도 13년을 보냈다. 세르기 신부에게도 노인의 모습이 보이기 시작했다. 수염은 길고 희끗희끗했다. 그러나 물론 드물기는 했지만 머리카락은 아직 검고 곱슬거렸다.

VII

세르기 신부는 벌써 몇 주 동안 한 생각을 떨쳐버리지 못하고 있었다. 그것은 자기가 예속되어 있는 지위가 스스로 올라온 것이 아니라 수도원장과 교구장의 뜻에 따라 올라오게 되었다는 생각 때문이었다. 과연 자신이 옳은 위치에 있는가 하는 생각을 떨치지 못했다. 이러한 생각은 소년을 치유하고 난 후부터 시작되었다. 매월, 매주, 매일 자신의 내면 세계는 파괴되고 외형적인 생활로 바뀌어 가는 것을 느꼈다. 확실히 그의 생활은 자신을 밖으로 내몰고 있었다.

세르기 신부는 자신이 수도원에 찾아오는 방문객과 기부자들을 끌어들이는 수단이며, 그렇기 때문에 수도원의 권력층이 자신을 좀더 유용하게 이용하기 위해 편리한 조건들을 제공해주고 있음을 알고 있었다. 예를 들어 그에게는 전혀 일을 시키지 않았으며 필요한 물건은 무엇이든 제공되었다. 대신 수도원이 요구하는 오직 하나는 축복받기 위해 그를 방문하는 신자들을 거절해서는 안 된다는 것이었다. 그의 편의를 위해 방문객을 받는 날이 따로 정해졌다. 남자 손님을 위한 접견실도 마련되었으며 그를 찾아오는 여자 손님들이 그에게 달려들지 못하도록 난간이 둘러쳐진 자리가 그를 위해 마련되었다.

그는 그곳에서 사람들을 축복했다. 만약 사람들이 그를 필요로 하면 그리스도의 계율에 따라 신자들이 보고 싶어하는 요구를 거절할 수 없었고, 사람들에게서 멀리 떨어져 지내는 것 또한 매정한 일이었으므로 가까이 받아들이는 수밖에 없었다. 그러나 그가 이런 생활에 전념하면 할수록 내면의 삶은 외형적인 삶으로 바뀌어져 갔고 내면의 생명수가 고갈되어 가는 것을 느꼈다. 그가 인간을 위해 많은 일을 하면 할수록 신으로부터 더욱 멀어져 가는 것 같았다.

사람들에게 가르침을 행하든, 단순히 축복을 내리든, 병자를 위해 기도하든, 사람들에게 그들이 걸어 가야 할 삶의 방향에 관해 충고를 해주든, 병을 고쳐준 사람들로부터 감사의 말을 들을 때면 기쁘지 않을 수가 없었다. 자신이 행한 능력의 결과와 사람들에게 미친 영향에 대해 생각하지 않을 수 없었다. 그는 자신을 타오르는 등불이라고 생각했다. 그러나 그렇게 느끼면 느낄수록 자신의 내면에서 타오르던 진리의 신성한 불빛이 희미하게 꺼져가고 있음을 느꼈다.

'나는 신과 인간을 위해 얼마만큼 일하고 있는가?' 바로 이 문제가 그를 끊임없이 괴롭혀왔고, 이것은 대답할 수 없는 것이 아니라 대답을 찾지 못하는 문제였다. 세르기 신부는 자기가 하느님을 위해 행하고 있는 모든 일들을 악마가 인간을 위한 일로 바꾸어 놓고 있음을 내면 깊숙이 깨닫고 있었다. 왜냐하면 전에 그가 은거 생활을 그만두었을 때 힘들었던 것처럼 이젠 은거 생활이 힘들다고 느끼고 있었기 때문이었다. 방문객으로 인해 때로는 지치고 피곤했지만, 마음 한편에서는 그들의 방문을 기뻐하며 자신에게 쏟아지는 찬사를 즐기고 있었다.

한번은 달아나 숨어버려야 겠다고 결심하고 실행에 옮기기 위해 구체적인 계획을 세운 적이 있었다. 그리고 가난한 사람들에게 나누어 주려 한다고 말하곤 농부들이 입는 셔츠와 바지 그리고 외투와 모자를 준비한 후 어떻게 옷을 갈아 입고, 머리를 자르고, 도망칠 것인가를 생각하며 옷을 잘 보관해 두고 있었다. 먼저 300베르스타 정도 기차를 타고 가서 그곳에서부터 걸어서 마을을 다니는 것이었다. 실제로 그가 한 노병사에게 떠돌아다니는 생활이 어떤지 물어보자 노병사는 어디로 가면 인심이 좋고, 어디로 가면 쉴 곳

을 내주는지 말해 주었다. 그래서 그는 그렇게 해보려고 했었다. 하루는 밤에 옷을 차려입고 나가려고 하는데 갑자기 남아야 하는지 떠나야 하는지 확신이 서지 않았다. 처음엔 결정을 내리지 못하고 망설였지만 나중엔 이러한 망설임도 사라져 버리고 결국 악마와 타협하고 말았다. 다만, 농부의 옷을 보면 그때의 느낌과 생각이 떠오를 뿐이었다.

시간이 지날수록 더 많은 사람들이 그를 찾아왔고 기도와 정신 수련을 위한 시간은 점점 더 줄어들고 있었다. 그러나 가끔은 맑은 샘물이 흐르던 내면의 한 곳에 자신이 우뚝 서 있었을 때를 회상하며 의미 있는 시간을 보내기도 했다. '내 몸을 통해 고요히 흐르는 생명수가 있었다. 또한 그녀(그는 지금은 수녀가 된 마코프키나 부인과 함께 있었던 그날 밤을 환희에 가득차 회상하곤 했다)가 그를 유혹했던 그 때, 그에겐 참된 삶이 있었다. 그녀는 그 깨끗한 정수의 맛을 보았다. 그러나 그 이후로 목마른 군중들이 한꺼번에 몰려와 물이 고일 틈이 없어 흙탕물로 변해버렸다.' 그렇게 가끔은 이런 생각을 하면서 의미 있는 시간을 보냈다. 그러나 가장 평범한 상태는 피곤함과 이러한 피곤함을 스스로 달래는 것이었다.

재의 수요일 전야의 어느 봄날이었다. 세르기 신부는 자기의 동굴 회당에서 저녁 예배를 집전했다. 동굴 안에는 들어올 수 있는 만큼의 사람들이 모여 있었는데 약 20명 정도였다. 그들은 모두 지주들이거나 부유한 상인들이었다. 세르기 신부는 귀천을 가리지 않고 모든 사람들이 방문할 수 있도록 허락했지만, 그에게 딸린 한 수사와 매일 수도원에서 그의 은둔처로 보내지는 당직자가 사람들을 선정했다. 그리고 회당 밖에는 80명의 사람들, 특히 부인들이 세르기 신부가 나와서 축복해 주기를 기다리고 있었다. 세르기 신부는 미사를 마치고 전임자의 묘지로 예배드리기 위해 나오다가 휘청거렸다. 그때 그의 옆에 있던 상인과 보조 사제가 그를 부축하지 않았더라면 쓰러질 뻔했다.

"왜 그러세요? 신부님? 세르기 신부님! 오, 하느님!"

한 여인이 부르짖었다.

"백지장같이 창백하세요!"

그러나 세르기 신부는 바로 정신을 가다듬었고, 얼굴은 여전히 매우 창백했지만 보조 사제와 상인을 옆으로 물러서게 한 다음 계속 찬양했다. 그러자 세라피온 신부, 보조 사제, 수사들, 그리고 세르기 신부의 움막 옆에서 생활하면서 항상 그의 시중을 들었던 귀부인 소피아 이바노브나가 예배를 끝마치도록 간청했다.

"괜찮아요, 이젠 됐소."

세르기 신부는 콧수염 아래로 희미하게 미소지으며 말했다.

"계속합시다."

'그래, 성자들은 이렇게 하는 거야.' 그는 생각했다.

"성인이시여! 천사시여!"

그때 그의 뒤에서 그를 부축했던 상인과 소피아 이바노브나의 목소리가 들려왔다. 그는 결국 신자들의 만류에도 불구하고 계속 예배를 집전했다. 다시 사람들이 모여들면서 작은 교회로 통하는 좁은 복도에까지 길게 늘어섰다. 세르기 신부는 예배순서를 조금 줄이기는 했지만, 끝까지 모두 마쳤다.

세르기 신부는 예배가 끝나자마자 바로 그곳에 있던 사람들에게 하느님의 은총으로 축복한 다음, 동굴 입구에 서 있는 느릅나무 아래 작은 벤치로 다가갔다. 신선한 공기를 마시며 쉬고 싶은 생각이 간절했다. 그러나 그가 나서자마자 한 무리의 사람들이 달려와 축복과 조언을 청하며 그에게 매달렸다. 그 무리 가운데는 이 성지에서 저 성지로, 이 성자에게서 저 성자에게로 찾아다니며 성전과 성자 앞에 설 때만 한결같은 마음의 평화를 느끼는 여성 순례자들도 있었다.

세르기 신부는 가장 세속적이고 감정이 메마른 부류의 사람들을 알고 있었다. 그들 중 대부분은 정착하지 못하고 떠돌아다니는 가난한 퇴역병사들과 단지 끼니를 때우기 위해 이 수도원에서 저 수도원으로 옮겨다니는 술에 찌든 노인들이었다. 그리고 배우지 못한 농부들과 병을 치유해 달라든지, 아니면 가장 현실적인 문제들, 예를 들어 딸의 결혼문제, 상점을 임대하는 문제, 땅을 구입하는 문제 또는 사생아 출산으로 인한 죄를 사하고자 하는 문제에 대한 고민을 해결해 달라는 등의 이기적인 요구를 하는 촌부들도 있었다.

세르기 신부는 이런 모든 일들에 이미 오래 전부터 익숙해 있었으므로 별다른 관심이 없었다. 그들에게 새로운 것이란 아무것도 없으며, 종교적인 감정 또한 일깨울 수 없음을 잘 알고 있었다. 그러나 그는 자신의 축복을 필요로 하고, 자신의 말을 숭배하는 군중으로 그들을 대하는 것이 좋았다. 그래서 이 군중을 귀찮게 여기면서도 동시에 즐겁게 느끼는 것이었다. 세라피온 신부는 세르기 신부가 지쳐 있기 때문에 좀 쉬셔야 한다고 말하면서, 신자들을 해산시키려 했지만 그 순간 세르기 신부는 '아이들이 내게 오는 것을 막지 말라'는 복음서의 한 구절을 떠올리곤 그 말씀에 감동되어 사람들을 막지 말라고 말했다.

그는 일어나 사람들이 모여 있는 난간 쪽으로 다가갔다. 그리고 스스로도 감동할 만한 가냘픈 목소리로 신자들을 축복하며 그들의 질문에 대답하기 시작했다. 그들 모두를 접견하고 싶은 마음은 간절했지만 그럴 수가 없었다. 다시 눈앞이 어두워지면서 비틀거리다가 난간을 잡았다. 피가 머리로 몰리면서 얼굴이 창백해지더니 다시 빨갛게 달아올랐다.

"나머지 사람들은 내일로 미뤄야 겠소. 오늘은 더 이상 할 수가 없구려."

그는 모두에게 은총을 기원해주고, 의자로 다가갔다. 상인이 다시 팔을 잡아 그를 부축해 앉는 것을 도왔다.

"신부님!" 사람들이 외치는 소리가 들렸다.

신부 세르기 69

"존경하는 신부님! 우리를 저버리지 마십시오. 신부님이 안 계시면 우리는 길을 잃게 됩니다."

상인은 세르기 신부가 느릅나무 아래 벤치에 앉는 것을 도와준 다음, 스스로 경찰 임무를 떠맡고선 강하게 군중들을 해산시키기 시작했다. 낮은 목소리로 말하고 있었기 때문에 세르기 신부에게는 들리지 않았으나 매우 단호하고 화난 음성이었다.

"가요, 어서들 가시오. 이미 축복해 주셨잖소. 뭘 더 바라는 게요? 그렇지 않으면 혼내 주겠소. 거기, 검은 발싸개 아줌마. 어서 가요! 끝났다니까. 내일 오라구, 오늘은 다 끝났어."

"존경하는 신부님의 얼굴을 단지 내 눈으로 직접 뵙고 싶을 뿐이라오." 노파가 말했다.

"어딜 들어오는 거요?"

상인의 행동이 너무 거칠다고 생각한 세르기 신부는 사람들을 내쫓지 말라고 사제에게 일렀다. 그러나 결국 상인이 방문객들을 쫓아낼 것이라는 것은 짐작하고 있었지만, 그래도 감동적인 인상을 주기 위해 상인이 신도들을 쫓아내지 말도록 하라고 사제를 불러 지시했다.

"예, 알았어요. 그런데 난 쫓아내는 게 아닙니다. 양심 있게 행동하라고 말하고 있는 것뿐이에요." 상인이 대답했다.

"도무지 양심들이 없어요. 이러다간 사람 잡겠어요. 오직 자기들만 생각한다니까요. 거기, 이봐! 말했잖아. 가서 내일 오라구."

그렇게 상인은 모두 쫓아냈다.

상인은 열심이었다. 그는 질서를 사랑했고, 또한 사람들을 쫓아내고, 사람들을 자기 마음대로 부리는 것이 좋았다. 더욱 중요한 것은 그에겐 세르기 신부가 필요했다. 그는 홀아비였는데 병약한 미혼의 딸과 함께 살고 있었다. 딸의 병을 고치기 위해 딸을 데리고 1,400베르스타라는 거리를 달려 세르기 신부를 찾아온 것이었다.

지난 2년 동안 이곳저곳을 돌아다니며 온갖 치료를 다 해보았다. 처음엔 도시에 있는 대학병원에서 치료를 받았지만 별다른 도움이 되지 않자 사마라주에 사는 한 남자에게로 데려갔는데 그곳에선 조금 차도를 보이는 듯했다. 그리고 그 이후 모스크바에 있는 의사에게 엄청난 치료비를 지불하고 딸의 치료를 맡겼지만 전혀 좋아지지 않았다. 그때 마침 세르기 신부가 치유의 기적을 행한다는 소문을 듣게 되었고, 그래서 딸을 데리고 온 것이었다. 군중들을 다 몰아낸 그는 세르기 신부에게 다가왔다. 그리고 별안간 무릎을 꿇더니 격앙된 목소리로 말했다.

"거룩하신 신부님! 질병으로 고통받고 있는 제 여식을 축복해 주십시오. 감히 신부님의 거룩한 발 아래 엎드립니다."

두 손을 포개어 손바닥을 아래로 내린 그의 모습은 마치 절하는 듯했다. 그는 자신의 이런 행동이 마치 법률이나 관습으로 정해지기라도 한 것처럼, 그리고 다른 방법은 없다는 태도로 딸의 치료를 간절히 애원하고 있었다. 그의 행동이 얼마나 확신에 차 있었던지 세르기 신부조차도 그가 그렇게 말하고 행동하는 것은 당연한 것처럼 느껴졌다. 그를 일으켜 세우고 무슨 일인지 물었다. 상인은 스물 두 살의 자기 딸이 2년 전 어머니의 돌연한 죽음으로 병에 걸렸다는 것이다. 그래서 그는 딸을 데리고 1,400베르스타를 달려왔으며, 그녀는 객사에 머무르면서 세르기 신부가 부르기만을 기다리고 있다고 말했다. 그녀는 햇빛을 두려워하기 때문에 낮에는 절대로 나가지 않고, 어두워진 후에야 겨우 외출한다는 것이었다.

"그녀는 허약한 체질이오?" 세르기 신부가 물었다.

"아닙니다. 특별히 허약한 곳은 없어요. 몸집이 있는 편인데 의사는 신경쇠약이라고 말하더군요. 세르기 신부님, 명령만 내리시면 쏜살같이 가서 데려오겠습니다. 거룩하신 신부님, 부모의 마음을 위로해 주시고 신부님의 기도로써 고통받는 제 딸을 구원해 주십시오!"

그리고 상인은 다시 무릎을 꿇고 고개를 옆으로 비스듬히 기울이고 손을 맞잡은 후 정신을 놓은 사람처럼 가만히 있었다. 세르기 신부는 일어나라고 다시 말하곤, 자신의 일이 얼마나 힘든 것인가에 대해, 그럼에도 불구하고 자기가 얼마나 참을성 있게 행동하는가에 대해 생각하곤 무겁게 한숨을 쉬었다. 잠시 침묵이 흐른 후 그는 입을 열었다.

"좋소, 오늘 밤에 딸을 데려오시오. 그녀를 위해 기도하리다. 그런데 지금은 피곤하구려 저녁에 사람을 보내겠소." 그는 눈을 감왔다.

 상인은 발끝으로 걸어 나갔으나 오히려 장화소리가 더 요란하게 들려왔다. 상인이 나가고, 세르기 신부는 혼자 남았다. 세르기 신부의 생활은 교회에서의 예배 집전과 방문객과의 대화가 대부분이었다. 그러나 근래에는 유난히 힘들었다. 아침에는 한 고위관리가 찾아와서 그와 오랜 시간 대화를 나누었다. 그 다음에는 한 귀부인이 자기 아들을 데리고 왔는데 그 아들은 젊은 교수로 신자가 아니었으나, 그녀는 신앙심이 돈독하고 세르기 신부를 숭배하는 사람이었다. 그의 어머니는 자기 아들이 세르기 신부와 대화를 했으면 해서 데려온 것이었지만 대화는 무척 힘들었다. 젊은이는 분명 수도승과 논쟁하고 싶지 않았던지 모든 문제에 대해 무조건 찬성하는 것이었다. 세르기 신부는 그 젊은이가 신앙심이 없긴 하지만, 명랑하고 침착한 사람이라는 것을 대화를 통해 알 수 있었다. 세르기 신부에게 있어서 그때 그 젊은이와의 대화는 썩 유쾌한 기억이 아니었다.

 "뭘 좀 드시겠어요, 신부님?" 사제가 물었다.

 "그게 좋겠군, 뭘 좀 갖다 주오."

 사제가 동굴에서 열 발자국쯤 떨어진 곳에 지어진 움막으로 가자 세르기 신부는 다시 혼자 남았다.

 모든 일을 혼자 힘으로 해결하면서 성체와 빵으로만 살던 시절은 이미 오래 전에 지나갔다. 이미 그에게는 자신의 건강조차도 소홀히 여길 권리가 없었고 채식이긴 했지만 영양가 있는 음식을 섭취해야만 했다. 물론 그는 많은 양의 음식을 먹는 것은 아니었지만, 전과 비교하면 포식한다고 할 수 있었다. 더욱이 먹으면서 종종 특별한 만족감을 느끼기도 했으며 이전에 느꼈던 혐오감이나 죄의식 같은 것도 없었다. 그는 죽과 차 한 잔 그리고 흰 빵 반 개로 식사를 했다. 사제가 물러가자 세르기 신부는 느릅나무 밑에 혼자 앉아 있었다.

5월의 저녁은 아름다웠다. 자작나무의 잎사귀들, 포플라, 느릅나무, 그리고 참나무의 새잎이 막 돋아나고 있었고, 느릅나무 뒤에 있는 숲속엔 벚꽃이 활짝 피어 있었다. 꾀꼬리 한 마리가 어딘가 가까이에서 지저귀고 있고, 다른 두세 마리는 아래쪽 강 근처 덤불 속에서 속삭거렸다. 멀리 강 쪽에서 일과를 끝내고 집으로 돌아가는 노동자들의 노랫소리가 들려왔다. 태양은 숲 저편으로 지면서 잎새 사이로 빛줄기를 내려보내고 있었다. 사방은 밝은 녹색빛으로 물들어 있는데 느릅나무 너머엔 이미 어스름히 어둠이 몰려오고 있었다. 풍뎅이가 날아다니다가 어딘가에 부딪혀 땅으로 떨어졌다.

저녁식사 후 세르기 신부는 기도문을 암송했다. '주 예수 그리스도, 하느님의 아들이시여! 저희를 불쌍히 여기소서!' 그리고 시편을 읽기 시작했다. 시편을 읽는 도중에 갑자기 어디서 날아왔는지 참새 한 마리가 덤불에서 내려와 땅에 앉았다. 그리고 그의 앞에서 깡총깡총 뛰어다니다가 그에게 날아와서는 놀란 듯 푸드득 날아가

버렸다. 그는 속세를 떠나는 것에 대한 내용이 담겨 있는 기도문을 낭송하고 있다가, 문득 상인에게 사람을 보내야겠다고 생각하곤 서둘러 기도문을 끝마쳤다. 그는 그녀에게 관심이 있었다. 새로운 얼굴을 본다는 것과 그녀와 그녀의 아버지가 자신을 효험이 있는 기도를 행하는 성자로 믿는다는 것이 흥미로웠다. 그는 스스로 그것을 부인하고 있었지만 마음 속 깊은 곳에서는 자신을 성자로 여기고 있었다.

그는 스테판 카사스키가 어떻게 해서 이렇게 특별한 성자, 기적을 행하는 사람이 되었는지 종종 놀라곤 했지만, 자신이 그렇다는 사실만은 의심하지 않았다. 병든 소년으로부터 시작하여, 그의 기도를 통해 시력을 회복한 노파에 이르기까지, 자기 눈 앞에서 일어난 기적을 믿지 않을 수 없었다.

정말 이상한 일이긴 했지만, 그건 사실이었다. 그래서 그는 상인의 딸이 새로운 얼굴이라는 것과 자신을 믿는 사람이라는 것 그리고 그녀를 치유시킴으로써 자신의 능력과 명성을 다시 한 번 확인시킬 수 있다는 것에 흥미를 갖고 있었다.

'사람들은 수천 베르스타를 달려오고, 신문에서도 그에 관해 적고 있었다. 이미 황제도 알고 있고, 믿음이 없는 유럽에서도 알고 있다.' 생각이 거기에 미치자, 갑자기 자신의 허영에 부끄러움을 느껴 다시 기도하기 시작했다. '하느님, 천국의 왕이시며, 성령이시며, 내 안에 오셔서 모든 죄악으로부터 깨끗이 씻어주시고, 우리의 영혼을 구원하시고 나를 유혹하는 세속의 헛된 명예욕으로부터 구해주소서.' 그는 암송하면서도 그가 얼마나 자주 습관적인 헛된 기도를 해왔던가를 떠올렸다. 그의 기도를 통해 다른 사람들은 기적을 경험했지만 정작 그 자신은 하찮은 정열로부터도 자유를 찾지 못했다.

그는 자신이 처음 은둔생활을 시작할 당시 암송했던 기도를 떠올렸다. 순결함과 겸손 그리고 사랑을 구하는 기도를 드렸었다. 그리고 신이 그의 기도를 듣고 계신다고 여겼으므로 순수했고, 또한 손가락까지 잘라버릴 수 있었다. 그는 표면에 주름이 잡힌 뭉툭한 손가락을 들어올려 거기에 입을 맞추었다. 자신의 죄 많음에 혐오감을 느끼던 그때엔 겸손했다. 그리고 구걸하려고 그에게 왔던 술 취한 노병사를 만났을 때도 그에겐 사랑이 남아 있었다. 그런데 지금은 어떤가? 누군가를 사랑하고 있는지 자문해 보았다. 소피아 이바노브나를 사랑하는가? 세라피온 신부는 어떠한가? 단지 교육으로부터 뒤지지 않는다는 것을 보여주기 위해 설교하듯이 대화를 나누었던 그 젊은 학자에겐 사랑이란 감정을 경험했던가? 그는 사람들로부터 사랑받는 것이 기분 좋았지만 자신은 그들에게 사랑을 느끼지 못했다. 그에게 이제는 사랑도, 겸손도, 순수함도 남아 있지 않았다.

그는 상인의 딸이 스물 두 살이라는 말을 들었을 때 기분이 좋았으며, 그녀가 미인인지 궁금했다. 그리고 그녀가 허약한 상태인지 물어보면서도 그녀에게 성적인 매력이 있는지 알고 싶었다.

'정말 내가 이처럼 타락했단 말인가?' 그는 생각했다. '하느님 도와주소서! 절 구해주소서. 오, 나의 하느님.' 그는 두 손을 모아 쥐고 기도하기 시작했다. 뻐꾸기가 지저귀고, 풍뎅이가 날아와 목덜미를 간지르며 기어 다녔다. 그는 그것을 잡아 던져 버렸다. 나는 열쇠가 밖으로 잠겨 있는 집의 문을 두드리고 있는 것은 아닌가? 문에는 빗장이 걸려 있는데…… 나는 그것을 보았을 텐데. 이 자물쇠는 꾀꼬리, 풍뎅이, 자연과 같은 것이다. 어쩌면 그 젊은이가 옳았는지도 모른다. 그는 큰 소리로 기도하기 시작했다. 이런 의혹들이 모두 사라지고 마음이 다시 평화롭고 믿음이 확고하게 될 때까지 오랫동안 기도했다. 그는 사제를 부르기 위해 종을 쳤다. 그리고 들어온 사제에게 상인이 이제 딸과 함께 와도 좋다는 말을 전하라고 일렀다.

상인은 딸의 팔을 부축해 움막에 데려다 놓고는 곧장 사라졌다. 그녀의 얼굴빛은 몹시 창백했지만 아름다운 머릿결을 갖고 있었고, 키가 무척 작고, 놀란 어린아이 같은 얼굴과 잘 발달된 몸매였다. 세르기 신부는 의자에 그대로 앉아 있었다. 여자가 그의 곁을 지나 멈춰 서자, 그녀를 축복해 주었다. 그때 그녀의 몸매를 바라보던 자신의 시선에 스스로 몸서리를 쳤다. 그녀가 그의 곁을 지날 때, 그는 무엇에 쏘이는 듯한 전율을 느꼈다. 그녀가 육감적이긴 하지만 둔하다는 것은 한눈에 봐도 알 수 있었다. 그는 일어나 움막으로 들어갔다. 그녀는 그를 기다리며 의자에 앉아 있었다.

그가 들어가자, 그녀가 일어섰다.

"아빠한테 가고 싶어요." 그녀가 말했다.

"두려워 말아라." 그가 말했다.

"어디가 아프지?"

"온몸이 다 아파요."

그녀가 대답했다. 그리곤 갑자기 환하게 웃었다.

"건강해질 게다." 그가 말했다.

"기도하거라."

"무슨 기도를 하지요, 난 이미 기도를 했어요. 하지만 소용없던걸요."

그녀는 계속 웃고 있었다.

"손을 제게 올려놓으시고, 신부님이 기도해 주세요. 꿈에서 신부님을 봤어요."

"무슨 소리냐?"

"신부님이 손을 제 가슴 위에 얹는 걸 봤어요."

그녀는 그의 손을 잡아다가 자기의 가슴에 대고 눌렀다.

"바로 여기예요."

그는 자신의 오른손을 그녀가 하는 대로 맡기고 있었다.

"이름이 뭐지?" 그는 물었다.

그의 몸은 떨렸고 정복당했으며, 이미 욕정에 대한 자제력을 잃어가고 있음이 느껴졌다.

"마리아예요. 왜요?"

그녀는 그의 손을 잡고 입을 맞추었다. 그리곤 팔로 그의 허리를 끌어안았다.

"뭐 하는 짓이냐? 마리아, 넌 악마야." 그가 당황하며 말했다.

"예, 하지만 상관없어요."

마리아는 그를 껴안으며 그와 함께 침대 위에 앉았다.

새벽녘 그는 밖으로 나왔다. '정말 이 모든 일이 있었단 말인가? 그녀의 아버지가 오겠지. 그러면 그녀가 모든 걸 말할 텐데……. 그녀는 악마야. 어떻게 하지? 저기 내가 손가락을 잘랐던 도끼가 있군.' 그는 도끼를 들고 움막 쪽으로 갔다.

사제가 지나가고 있었다.

"장작은 제가 팰게요. 도끼 이리 주세요."

그는 도끼를 사제에게 넘겨주고, 움막으로 들어갔다. 그녀는 자고 있었다. 그녀의 모습을 보는 게 끔찍했다. 그는 칸막이 뒤쪽으로 가서 농부 옷을 꺼내 입고 가위로 머리를 자른 다음, 오솔길을 따라 이미 4년 동안 한번도 가보지 않은 산기슭에 있는 강 쪽으로 내려갔다.

강을 따라서 길이 나 있었다. 그는 그 길을 따라 정오가 될 때까지 걸었다. 그리고 점심때가 되자, 호밀밭으로 들어가 그곳에 잠시 누웠다. 저녁 무렵 강가에 있는 마을로 들어섰지만 그는 마을로 가

지 않고, 절벽이 있는 강 쪽으로 향했다.

해가 뜨기 반 시간 전인 이른 아침이었다. 주위는 온통 회색 빛으로 우울해 보였다. 찬 새벽바람이 서쪽에서 불어왔다. '모든 것을 끝내야겠어. 신은 존재하지 않는다. 어떻게 끝내지? 물 속으로 뛰어들까? 아니야, 난 수영을 하니까, 살아날 거야. 목을 매면? 그래, 바로 이 허리띠로 목을 매면 되겠군.' 너무나 손쉬운 방법이라는 생각이 들자 갑자기 무서워졌다. 그는 절망적일 때 그렇듯이 기도를 드리고 싶어졌다. 그러나 기도를 드릴 대상이 없었다. 그는 팔을 괴고 누웠다. 순간 참을 수 없는 졸음이 몰려와 더 이상 버틸 수 없었다. 팔을 뻗어 팔베개를 하고 눕자 곧바로 잠이 들었다. 그러나 깊은 잠을 오랫동안 잘 수가 없었다. 잠에 빠져들자마자 곧 잠에서 깨어났다. 그리곤 꿈인지 생시인지 비몽사몽 헤매기 시작했다.

그는 시골 어머니 집에서 자신의 어린 시절을 보고 있었다. 마차 한 대가 다가오더니, 길고 검은 수염을 한 니콜라이 세르게예비치 아저씨가 크고 부드러운 눈에 처량하고 수줍은 얼굴을 한 깡마른 소녀 파쉔카를 데리고 마차에서 내렸다. 그리고 그녀가 남자아이들과 함께 놀도록 했다.

그녀와 함께 놀긴 했지만 정말 재미없는 일이었다. 그녀는 멍청했으므로 아이들의 놀림감이 되곤 했다. 우리가 그녀에게 어떻게 수영하는지 보여달라고 말하면 그녀는 바닥에 배를 깔고 누워서 직접 수영하는 동작을 보여주었다. 그러면 우리는 깔깔대고 웃으면서 그녀를 바보로 만들었는데 그때 아이들이 장난치고 있다는 사실을 알아차리면 그녀의 얼굴이 금방 빨개지곤 했다. 그 모습이 너무나 불쌍해 보여 양심의 가책을 느껴서 그 어설프면서도 선하고 온순한 미소를 결코 잊을 수 없게 되었다. 그 이후 그녀를 볼 때면 세르기는 그 사건을 떠올렸다. 그리고 그 후 수도원으로 들어가기 전에 그는 오랫동안 그녀를 보아왔다. 그녀는 어떤 지주와 결혼했는데, 그녀의 재산을 모두 탕진하고 그녀를 때리기까지 했다. 그녀에겐 아들 하나, 딸 하나가 있었는데 아들은 어린 나이에 죽었다.

세르기는 그녀의 불행했던 모습을 회상하곤 했다. 그리고 그 후에 과부가 된 그녀를 수도원에서 다시 보게 되었는데 그녀는 여전했다. 어리석다고 말할 수는 없었지만 흥미 없고 보잘것없는 가련한 모습이었다. 그녀는 딸과 딸의 약혼자와 함께 왔다. 그들은 가산을 탕진해 이미 가난했다. 나중에 들은 바에 의하면, 작은 지방도시에 정착했는데 여전히 가난하다는 것이었다. '내가 왜 파쉰카를 생각하고 있는 거지? 자문했지만 그녀를 생각하지 않을 수가 없었다. '그녀는 어디에 있을까? 어떻게 되었을까? 바닥에 엎드려 우리에게 수영하는 모습을 보여 주던 때처럼 그녀는 아직도 불행할까? 내가 왜 그녀를 생각하는 거지? 내 삶도 곧 끝내야 하는데······.'

또 다시 두려움이 몰려왔다. 그래서 두려움으로부터 벗어나기 위해서 다시 파쉰카를 생각했다. 그는 자신의 필연적인 종말과 파쉰카를 생각하며 오랫동안 누워 있었다. 파쉰카가 구원의 손길인

것처럼 느껴졌다. 그러다가 잠이 들었는데 꿈속에서 한 천사가 그에게 다가와서 말하는 것이었다.

'파쉔카에게 가서 네가 무엇을 해야 하는지, 네 죄가 무엇인지, 어떻게 구원을 받아야 하는지 물어 보아라.'

그는 잠에서 깨어났다. 그리고 이것이 하늘의 계시라는 생각이 들자 너무도 기뻤다. 그는 조금도 망설이지 않고 꿈에서 말한 대로 그녀를 찾아가기로 마음먹었다. 그는 그녀가 살고 있는 도시를 알고 있었다. 약 300베르스타쯤 떨어진 곳에 그녀가 살고 있었다. 그는 그곳을 향해 발걸음을 옮기기 시작했다.

VIII

 파쉰카는 이미 예전의 파쉰카가 아니었다. 늙고 말라빠지고 주름투성이가 된 프라스코비아 미하일로브나는 주정뱅이 관리이며 낙오자인 마브리키예프의 장모가 되어 있었다. 그녀는 사위가 마지막으로 일자리를 얻은 그 작은 지방도시에서 가족들을 돌보며 살고 있었다. 가족으로는 딸과 신경쇠약을 앓고 있는 사위, 그리고 다섯 명의 손자가 있었다. 그녀는 가족을 부양하기 위해서 시간당 50코페이카를 받고 상인의 딸들에게 음악을 가르쳤다. 하루에 때론 4시간, 때론 5시간씩 수업했으므로 한 달에 60루블 정도의 수입이 있었다. 프라스코비아 미하일로브나는 여러 친지와 친구들에게, 특히 세르기 신부에게 편지를 보내 일자리를 부탁해 두었으므로 반가운 회답을 기다리며 살아가고 있었다. 그러나 세르기 신부는 편지를 받지 못했다.
 토요일이었다. 프라스코비아 미하일로브나는 그녀가 아버지 집에 살 때, 요리사가 맛있게 구워내곤 했던 그 건포도 빵을 만들기 위해 밀가루 반죽을 하고 있었다. 그녀는 내일 축제날 손자들을 기쁘게 해주고 싶었다.

그녀의 딸 마샤는 막내를 돌보고 있었으며 그 위의 여자아이와 남자아이는 학교에 가고 없었다. 마샤의 남편은 전날 밤에 잠을 못 잤기 때문에 잠을 자고 있었다. 프라스코비아 미하일로브나 역시 어제 저녁 남편에게 분노를 터트리고 있는 딸을 달래주다 보니 편한 잠을 자지 못했다.

그녀는 사위가 나약한 사람이라서 말하는 것도, 살아가는 것도 달리 어쩔 도리가 없다는 것을 알고 있었다. 그래서 사위에게 잔소리를 퍼붓는 딸의 행동이 사위에게 도움이 되지 않으리라는 것을 잘 알고 있었다. 그래서 딸이 사위에게 미움을 갖지 않도록 하기 위해 온 힘을 다해 노력했지만 소용 없었다. 그녀는 사람들간의 불편한 관계를 견디지 못하는 사람이었다. 그녀는 서로를 미워하는 관계에선 나쁜 것 외엔 좋을 것이 하나도 없다는 것을 너무도 분명히 알고 있었다. 그녀는 이러한 것들에 대해 생각조차 하고 싶지 않았다. 그리고 악취, 소음, 학대로 고통받는 것처럼 그녀는 악의 때문에 고통스러워했다.

그녀가 루케리아에게 밀가루 반죽하는 방법을 가르쳐 주고 있었는데, 그때 작고 휜 다리에 꿰맨 양말을 신은 여섯 살짜리 손자 마샤가 겁에 질린 얼굴로 부엌에 뛰어 들어왔다.

"할머니, 무섭게 생긴 할아버지가 할머니를 찾아요."

루게리아가 문 밖을 내다보았다.

"마님, 순례자예요."

프라스코비아 미하일로브나는 깡마른 팔을 서로 맞대고 문지르고, 앞치마로는 손을 닦은 후, 지갑에서 5코페이카를 꺼내러 방으로 들어갔다. 그러다가 문득 10코페이카짜리 은화밖에 없음이 생각나자, 대신 빵을 주어야겠다고 생각하고 부엌으로 되돌아왔다. 그때 문득 시주를 아까워하고 있다는 생각이 들자 얼굴을 붉히며, 루케리아에게 빵을 두텁게 썰라고 시키고 10코페이카를 가지러 위로 올라갔다. '이건 내게 벌이 내린 거야.' 그녀는 자신에게 말했다. '그래서 두 배로 주는 거지.'

그녀는 기다리게 해서 미안하다고 정중히 사과한 다음 빵과 돈을 순례자에게 주었다. 그녀는 자신의 후한 인심이 자랑스러운 것이 아니라 오히려 너무 적은 것 같아 부끄러웠다. 그 순례자는 너무나 인상적인 모습을 하고 있었다.

그리스도의 이름으로 300베르스타를 걸어온 터라 옷은 이미 누더기가 되어버렸고 몸은 여위고 얼굴은 검게 그을렸으며, 짧게 깎은 머리엔 농부의 모자를, 그리고 낡은 장화를 신고 있었음에도 불구하고, 또한 겸손하게 절을 하는데도 불구하고, 세르기의 모습에선 사람을 끌어당기는 강한 힘이 배어 있었다. 프라스코비아 미하일로브나는 그를 알아보지 못했다. 그들은 거의 30년 동안 만나지 않고 살았다.

"보잘것 없습니다. 신부님, 뭘 좀 드시고 가시겠어요?"

그는 빵과 돈을 받았다. 그런데도 그가 떠나지 않고 자기 얼굴을 유심히 바라보고 있는 것을 보고 프라스코비아 미하일로브나는 놀랐다.

"파쉔카, 당신을 찾아왔소. 나를 반겨주겠소?"

그의 아름답고 검은 두 눈이 끊임없이 애원하며 그녀를 바라보고 있었다. 그리고 그 아름다운 눈엔 눈물이 고여 빛나고 희끗희끗한 콧수염 아래 입술이 가엽게 떨리고 있었다.

프라스코비아 미하일로브나는 손으로 자기의 오그라든 가슴을 쥔 채, 깜짝 놀라 휘둥그레진 눈으로 망연자실하여 순례자의 얼굴을 바라보았다.

"그럴 리가 없어! 스테판! 세르기! 세르기 신부님이라니!"

"그래요, 바로 나요." 조용한 목소리로 세르기가 말했다.

"이젠 세르기 신부가 아니오. 단지 대죄인 스테판 카사스키라오. 파멸한 대죄인일 뿐이오. 나를 좀 도와주시오."

"그럴 리가 없어요! 어떻게 이렇게까지 초라해지셨어요? 어쨌든 들어오세요."

그녀가 손을 내밀었지만, 그는 손을 잡지 않고 그녀의 뒤를 따라 들어갔다.

그런데 어디로 모시지? 집은 매우 작았다. 그녀는 자기가 쓰던 헛간 같은 작은 방으로 그를 안내했다. 그 방은 나중에 그녀의 딸에게 넘겨져서, 지금은 마샤가 사용하고 있었다.

"여기로 앉으세요." 그녀는 부엌에 있는 의자를 가리키며 세르기에게 말했다.

그는 앉자마자 익숙한 동작으로 우선 한쪽 어깨에서 그리고 다른 어깨에서 가방을 풀어 내려놓았다.

"하느님 맙소사! 어떻게 이렇게 되셨어요. 신부님! 그토록 명예로우시더니, 갑자기 무슨 일······."

세르기는 아무 대답 없이 가방을 옆에 내려 놓으며 부드럽게 미소지었다.

"마샤, 이분이 누군지 아니?"

그리고 프라스코비아 미하일로브나는 세르기가 누군지 딸에게 속삭이며 말해 주었다. 그들은 세르기 신부를 위해 침대와 요람을 작은 방에서 내다 놓으며 방을 비우고 있었다.

프라스코비아 미하일로브나는 그를 작은 방으로 안내했다.

"여기서 쉬세요. 방이 누추해서 죄송하군요. 전 가봐야 해요."

"어디를?"

"수업이 있어요. 부끄럽게도 음악을 가르치고 있어요."

"음악! 그거 좋지요. 그런데 한 가지 부탁이 있소. 사실 난 목적이 있어서 당신을 찾아온 것이라오. 언제 당신과 얘기를 나눌 수 있겠소?"

"물론이죠. 저녁에 어떠세요?"

"한 가지 부탁이 더 있소. 내가 누구란 걸 말하지 말아주오. 당신만 알고 있어요. 내가 어디로 갔는지 아무도 모르고 있소. 그래야만 하오."

"어머나! 딸에게 말해버렸는데."

"그렇다면 다른 사람에겐 말하지 말라고 딸에게 일러두구려."

세르기는 300베르스타를 걸어왔고, 또한 잠도 부족했으므로 신을 벗고 눕자마자, 곧 잠 속으로 빠져들었다.

프라스코비아 미하일로브나가 돌아왔을 때, 세르기는 그 작은 방에 앉아서 그녀를 기다리고 있었다. 그는 점심식사를 하러 나오지 않고 루케리아가 직접 그의 방으로 가져온 수프와 죽을 조금 먹었다.

"생각보다 일찍 돌아왔군요. 이제 당신과 얘기를 좀 나눠도 괜찮을까요?" 세르기 신부가 말했다.

"대체 내가 무슨 좋은 일을 했기에 신부님 같은 손님을 맞게 되는 행운을 얻었는지 모르겠군요. 수업 하나는 다음에 하기로 했어요. 오래 전부터 신부님을 만나뵈러 가고 싶었는데. 신부님께 편지도 썼는 걸요. 그런데 갑자기 이런 행운이 오다니!"

"파쉰카, 제발 지금부터 내가 당신에게 하는 말은 죽음 앞에서 신에게 고백하는 그런 말로 받아들여 주시오. 파쉰카! 난 성자가 아닐 뿐만 아니라 더럽고 흉악하고 길을 잃은 교만한 죄인이라오. 나보다 나쁜 사람은 보지 못했소. 가장 큰 죄인이오."

처음에 파쉰카는 당황해 하며 놀란 눈으로 그를 쳐다보았지만 그녀는 그의 말을 믿기로 했다. 그의 말을 그대로 받아들이며 그의 손을 잡고 슬픈 미소를 지으며 말했다.

"스테판, 어쩌면 과장하고 있는지도 몰라요."

"아니오, 파쉰카. 난 간음했소. 살인자에다 신을 모독했고 사기꾼이라오."

"하느님 맙소사! 대체 무슨 소릴 하시는 거예요." 그녀는 중얼거렸다.

"그러나 살아야만 하오. 난 모든 것을 알고 있다고 생각했고, 다른 사람들에게 어떻게 살아야 하는지 가르쳤소. 그런데 정작 난 모르겠소. 내게 가르침을 주오."

"오, 스테판! 비웃고 있군요. 왜 항상 나를 비웃는 거예요?"

"그래요. 내가 비웃는 거라고 생각해도 좋소. 그래도 당신이 어떻게 살아가고 있는지, 그리고 어떻게 인생을 살아왔는지 말해 주구려."

"나 말이에요? 난 무척이나 역겹고 추하게 살았어요. 지금도 하느님께서 내게 벌을 내리고 계시잖아요. 그러니 당연히 이렇게 가난하게 살지요. 이렇게 가난하게······."

"어떻게 결혼했소? 결혼 생활은?"

"엉망이었어요. 되는 일이 없었지요. 불순하게 사랑했고, 아버지의 반대를 무릅쓰고 아무것도 보지 않고 결혼했는데 남편을 돕기는커녕 이겨 낼 수 없는 질투심 때문에 그를 괴롭혔지요."

"술을 했다고 들었는데."

"그래요. 난 그에게 위로가 되지 못했어요. 잔소리만 해댔지요. 그건 병이었어요. 그는 버티지 못하더군요. 우리 사이엔 끔찍한 벽이 있었어요."

그녀는 지난 날을 회상하며 아름답고 고통스러운 눈으로 카사스키를 바라보았다.

카사스키는 그녀의 남편이 파쉰카를 때린다는 이야기를 들은 일이 기억났다. 카사스키는 그녀의 귀 뒤에 힘줄이 드러나 보이는 여위고 쇠약한 목과, 흰머리가 섞여 있는 엉성하고 붉은 그녀의 머리카락을 보면서 마치 실제로 어떤 일이 일어났었는지 보는 것처럼 지금 그녀를 보고 있었다.

"그 후에 난 아무런 생활수단도 없이 두 아이를 데리고 혼자 남게 되었어요."

"토지가 있지 않았소?"

"그건 바샤가 살아있을 때 팔았어요. 그리고 전부…… 써버렸지요. 먹고 살아야 하는데 할 줄 아는 게 아무것도 없었어요. 귀부인들이란 대부분 그렇잖아요. 나는 특히 최악이었어요. 의지할 곳이라곤 아무 데도 없었거든요. 그렇게 살았어요. 내가 직접 가르치기도 했지만, 아이들을 학교에 보냈어요. 그리고 미차가 4학년 때 병에 걸려 하늘나라로 가버렸어요. 마샤는 사위 바냐를 사랑하게 됐어요. 그는 좋은 사람인데 단지 운이 따르지 않을 뿐이죠. 지금은 환자예요."

"엄마!" 그때 그녀의 딸이 부르는 소리에 잠시 대화가 끊겼다.

"엄마, 아이를 좀 데려가세요. 일을 할 수가 없잖아요."

그녀는 움찔 놀라 일어서더니, 다 낡은 신발을 끌면서 서둘러 나갔다. 그리고 잠시 후 두 살짜리 남자아이를 팔에 안고 돌아왔다. 아이는 뒤로 몸을 젖히고 손으로 그녀의 머리에 맨 수건을 잡아당겼다.

"어디까지 얘기했지요? 그렇지, 사위는 여기에 좋은 직장이 있었어요. 상사도 좋은 분이셨는데. 어쩌겠어요. 바냐가 계속 일할 수 없게 됐으니. 결국 직장을 그만뒀어요."

"어디가 불편한 거요?"

"신경쇠약이래요. 끔찍한 병이죠. 상담을 했는데 요양해야 한다는군요. 그런데 돈이 있어야죠. 그냥 그렇게 나아지길 바라고 있을 뿐이에요. 특별히 아픈 데가 있는 건 아니니까……."

"루케리아!" 그때 약하지만 화난 그의 목소리가 들려왔다.

"필요할 땐 늘 어디 가고 없다니까. 어머니!"

"지금 가네." 프라스코비아 미하일로브나가 다시 이야기를 끊고 대답했다. "사위는 아직 점심을 못 먹었어요. 우리하고 함께 먹을 수가 없거든요."

그녀는 나가서 뭔가를 차려놓고, 여위고 그을린 손을 닦으며 돌아왔다.

"보셨죠? 이렇게 살아요. 불평도 많고 불만도 많지요. 다행히 내 손자들은 모두 훌륭하고 건강해요. 그런 것 보면 그래도 살만하지요. 그런데 나에 관해 무슨 말을 하지."

"생계는 어떻게 꾸려나가고 있소?"

"그럭저럭 조금 벌고 있어요. 한때는 음악을 지겨워했었는데, 지금은 이렇게 유용하게 써먹고 있어요."

그녀는 자기 옆에 놓여 있는 서랍장 위에 작은 손을 얹어 놓고, 피아노 연습을 하는 것처럼 메마른 손가락으로 두드렸다.

"레슨비로 얼마나 받고 있소?"

"사람에 따라서 1루불도 주고, 때론 50코페이카나 30코페이카 주는 사람도 있어요. 모두들 내게 무척 친절해요."

"학생들에겐 진전이 있나요?" 카사스키는 눈에 살며시 미소 지으며 물었다.

프라스코비아 미하일로브나는 갑작스런 그의 심각한 질문에 믿지 못하겠다는 듯이 의아한 표정으로 그의 눈을 바라보았다.

"그럼요, 성과가 있지요. 여자아이 하나가 훌륭히 해내고 있어요. 푸줏간 집 딸인데 착하고 잘하지요. 만약 내가 정숙한 여자였다면, 두말할 나위 없이 아버지의 줄을 빌려 사위에게 좋은 일자리를 마련해 주었을 텐데. 내가 할 줄 아는 것이라곤 아무것도 없으니 이런 상황까지 몰고 온 거예요."

"그래요, 그렇군요." 카사스키는 고개를 끄덕이며 그녀의 말에 동의했다.

"그런데 파쉰카, 교회는 다니고 있소?" 그가 물었다.

"아휴, 말도 마세요. 사실 소홀했어요. 애들을 데리고 열심히 다녔는데 한 달씩이나 가보지 못했어요. 애들만 보내고 있어요."

"왜 당신은 가지 않는 거요?"

"저, 사실대로 말씀드리자면……" 그녀는 얼굴을 붉혔다.

"딸과 손주들 앞에서 다 헤어진 옷을 입고 다니는 것이 부끄러워서요. 새 옷도 없고, 또 게으르기도 하구요."

"그럼, 집에서는 기도하오?"

"그럼요, 하지만 진정한 기도라기보다는, 단지 기계적인 기도일 뿐이죠. 그러면 안 된다는 건 알지만, 그래도 신실한 마음이 생기지 않는 걸요. 그래서 결국 자신의 추한 모습만 보게 되잖아요."

"그래요, 그래. 알 것 같소." 그는 동의한다는 듯이 낮은 목소리로 말했다.

그때 사위가 부르는 소리가 들려왔다.

"알았어, 가네. 지금 가." 그녀는 대답하곤 머릿수건을 바로 매면서 방을 나갔다.

이번에는 한참 만에 돌아왔다. 그녀가 돌아왔을 때, 카사스키는 여전히 같은 자세로 무릎 위에 팔꿈치를 괴고 머리를 수그린 채 앉아 있었다. 그러나 가방은 이미 등에 메고 있었다.

그녀가 갓 없는 양철램프를 들고 들어오자, 그는 아름답고 피로에 지친 눈을 들어 그녀를 바라보곤 깊고 깊은 한숨을 쉬었다.

"당신이 누군지 말하지 않았어요." 그녀는 겸연쩍은 듯 말했다.

"그저 내가 과거에 알고 지냈던 귀족 출신의 순례자라고만 했어요. 식당으로 가서 차를 드시지 않겠어요?"

"아니, 아니오……."

"그럼 이리로 가져올게요."

"아니요, 괜찮소. 하느님의 축복이 있기를 기도드리겠소, 파쉰카. 난 이제 가야만 하오. 나를 가엾게 여긴다면, 아무에게도 나를 보았다는 말을 하지 말아주오. 살아 계신 하느님께 맹세코 부탁하오. 부디 아무에게도 얘기하지 마시오. 당신 앞에 무릎을 꿇어야겠지만 그건 당신을 당황하게 만들 뿐이라는 걸 알고 있소. 고맙소. 용서하시오."

"축복해 주세요."

"하느님의 축복이 있을 것이요. 부디 용서하시오."

그가 가려고 일어서자, 그녀는 그의 앞을 막고는 빵과 버터를 가져왔다. 그는 그것을 받아들고 떠났다.

거리엔 이미 어둠이 깔려 있었다. 두 집을 지나기도 전에 그의 모습이 시야에서 사라졌다. 어느 집에선가 개가 짖어댔으므로 누군가 지나가고 있음을 알 수 있을 뿐이었다.

'내 꿈은 그런 의미를 가지고 있었다. 얼마나 추구해 왔던 삶이던가! 정작 내 자신은 이루지 못했는데, 파쉰카는 바로 그런 삶을 살고 있었다. 나는 하느님을 핑계로 인간을 위해 살았지만, 파쉰카는 인간을 위해 산다고 했지만 그건 결국 하느님을 위해 사는 것이었다. 아무런 보상도 기대하지 않고 베푸는 물 한 컵은 내가 다른 사람들에게 베풀었던 은혜보다 더 큰 가치를 가지고 있는 것이다. 그렇지만 하느님께 봉사하려는 진실된 바람이 있지 않았던가?' 그는 자문했다. 그리고 답을 얻었다. '그래, 그런 시절이 있었지. 불행히도 세속적인 명예에 휩싸여 모든 것이 더럽혀지고 말았지만. 그렇다, 나같이 사는 사람에겐 하느님이 계실 리 없다. 그분을 찾아야 한다.'

그는 걸었다. 파쉰카에게 갔던 것처럼 다른 순례자들과 만나고 헤어지면서, 또는 그리스도의 이름으로 빵과 하룻밤의 휴식을 청하며 이 마을에서 저 마을로 돌아다녔다. 가끔은 성난 주인 아주머니에게 욕먹고, 술에 흠뻑 절은 남자에게 모욕을 당하기도 했다. 그러나 대부분의 사람들은 먹을 것과 마실 것을 제공해 주었고, 여비를 챙겨주기도 했다. 귀족 티가 흐르는 그의 외모는 그에게 이득을 주는 부분도 있었지만, 때론 반대로 지체 높은 남자가 초라하게 몰락한 모습을 보며 즐기는 사람들도 있었다. 그러나 그의 온화함은 모든 사람들을 굴복시켰다.

그는 어느 집에 들르든 복음서를 발견하면 사람들에게 읽어주곤

했는데, 가는 곳마다 사람들은 언제나 새로운 것을 듣는 것처럼 감동하고 놀라움을 금치 못했다.

만약 사람들에게 봉사하고 충고해 주고, 또는 읽기와 쓰기를 가르쳐 주고, 싸움을 중재하여 사람들을 도와주게 되더라도 그는 감사의 말을 기다리지 않고 할일이 끝나면 곧 길을 떠났다. 그러자 그의 내면에서 조금씩 하느님의 모습이 나타나기 시작했다.

어느 날 그는 두 노파와 한 군인과 함께 길을 걷고 있었다. 그때 어떤 부인과 신사가 준마를 맨 이륜마차를 타고 지나다가 그들을 보고 불러 세웠다. 신사는 딸과 함께 말 위에 있었고 부인은 프랑스인으로 보이는 여행객과 함께 마차를 타고 있었다.

그들은 일하는 대신 러시아의 민족적 특성에 따라 떠돌아다니는 순례자를 프랑스인에게 보여주기 위해 멈춰선 것이었다.

그들은 순례자들이 알아듣지 못하리라 생각하고 프랑스어로 얘기했다.

"하느님이 그들의 순례를 기뻐하고 계신다고 정말로 확신하는지 물어봐 주세요." 프랑스인이 말했다. 그들이 묻자 두 노파가 대답했다.

"하느님의 뜻에 따를 수밖에요. 우리는 걸을 뿐이오. 마음이 그곳에 도달할지는 모르겠소."

이번엔 군인에게 물었다. 군인은 자신은 혼자이며 아무 데도 갈 곳이 없다고 대답했다. 그러자 카사스키에게 누구냐고 물었다.

"하느님의 종이오."

"뭐라고 말하는 거예요? 대답하지 않는군요."

"하느님의 종이래요."

"그는 성직자의 자손임에 틀림없어요. 훌륭한 가문인 것이 느껴집니다. 잔돈 가지고 있어요?"

프랑스인은 잔돈을 꺼내서 모두에게 각각 20코페이카씩 나누어 주었다.

"저들에게 말해 주세요. 이 돈은 성상 앞에 초를 세우라고 주는 것이 아니라, 차를 마시라고 주는 겁니다. 차요, 차……. 당신에게요. 노인장." 그는 웃으면서 장갑 낀 손으로 카사스키의 어깨를 가볍게 두드리며 말했다.

"주님의 은총이 있기를." 카사스키는 모자를 벗은 채 벗겨진 머리를 숙이고 말했다.

카사스키는 이 만남에 특별한 기쁨을 느꼈다. 세속적 의견을 무시하고, 가장 단순하고도 쉬운 일을 했기 때문에 그는 평온하게 20코페이카를 받았고 그들의 길동무가 된 눈먼 걸인에게 그것을 주었다. 세속의 평판을 의식하지 않으면 않을 수록 자신의 내부에 함께하시는 하느님을 더욱 가까이 느낄 수 있었다.

카사스키는 8개월을 그렇게 정처 없이 돌아다녔다. 그러던 9개월째 되던 어느 날 작은 지방도시의 한 숙소에서 밤을 보내려다 다른 순례자들과 함께 억류되었다. 신분증이 없었기 때문이었다. 신

분증을 요구하며 신분이 무엇이냐고 물었지만 그는 신분증도 없이 하느님의 종이라고만 대답했다. 결국 그는 부랑자로 취급되어 시베리아로 보내졌다.

그는 현재 시베리아에 있는 한 부유한 농가의 사유지에 정착하여 그곳에서 밭을 가꾸고 어린아이들을 가르치며, 환자들을 돌보면서 살고 있다고 한다.

지옥의 파괴와 부활

I

 이 일은 예수님께서 당신의 가르침을 세상에 전파하시던 때의 일이다. 그의 가르침은 너무도 분명해서 모든 사람들이 쉽게 이해하고 따를 수 있었을 뿐만 아니라, 사람들을 악으로부터 확실히 구한다는 사실을 의심하는 사람은 아무도 없었다. 또한 그 누구도 그의 가르침이 온 세상으로 퍼져나가는 것을 막을 수 없었다.

 그래서 모든 악마의 아버지이며 통치자인 마왕은 초조해지기 시작했다. 만일 그리스도가 자신의 가르침을 중단하지 않는다면 세상 사람들에 대한 자신의 힘은 영원히 사라져 버릴 것이라는 사실을 마왕은 분명히 깨닫고 있었다. 그는 불안해서 어쩔 줄 몰랐지만 실의에 빠져 있을 수만은 없었다. 마왕은 자기에게 고분고분한 바리세인과 성서학자들을 부추겨 가능한 심하게 그리스도를 모욕하고, 또한 그의 제자들 모두가 그리스도 곁을 떠나서 예수가 완전히 홀로 남도록 충동질했다. 마왕은 그리스도가 굴욕적인 형의 선고를 받고 모욕을 당해서 모든 제자들로부터 버림을 받고 더욱이 가장 끔찍한 형벌까지 받게 된다면, 결국 그도 마지막 순간에는 스스로 자신의 가르침을 부정하게 될 것이라고 기대했던 것이다.

그러나 이 일은 십자가 위에서 결론이 내려졌다. 그리스도께서 "하느님, 하느님! 어찌하여 저를 버리시나이까?"라고 외쳤을 때 마왕은 너무나 기쁜 나머지 어찌할 바를 몰랐다. 그는 그리스도를 위해 준비해 두었던 족쇄를 들고 자기 발에 채워 보았다. 그리스도에게 족쇄를 채웠을 때 풀어지는 일이 없어야 했기 때문이었다. 그때 갑자기 십자가 위에서 "하느님 아버지, 저들을 용서하소서. 저들은 자신이 무슨 일을 하고 있는지 모르나이다."라고 하는 말이 들려왔다.

그리스도는 계속해서 외쳤다.

"이제야 이룩되었도다."

그리고 그리스도는 숨을 거두셨다.

그때 마왕은 자신의 모든 것이 끝났음을 깨달았다. 그는 자기 발의 족쇄를 풀고 도망치려 했지만 그 자리에서 조금도 움직일 수가 없었다. 족쇄가 달라붙어서 다리를 놓아주지 않는 것이었다. 그는 날개를 펴고 날아오르려 했지만 날개를 펼칠 수 없었다. 그리고 마왕은 그리스도가 광채에 둘러 싸여서 지옥의 문 앞에 서 있는 것을 보았다. 아담에서 유다에 이르는 모든 죄인들이 지옥의 마귀들로부터 풀려 나오는 것을 보았고 지옥의 벽마저도 소리 없이 사방으로 무너지고 있는 것을 보았다. 그는 더 이상 보고 있을 수가 없었다. 날카로운 비명을 지르면서 마루 틈으로 빠져 나가 땅 밑의 지옥으로 사라져 버리고 말았다.

II

그로부터 백 년이 흐르고, 또 이백 년이 흐르고, 삼백 년이 지났다. 하지만 마왕은 시간의 흐름 따위엔 아랑곳없이 죽음과 같은 정적과 어둠 속에서 꼼짝 하지 않고 누워 있었다. 예전에 겪었던 끔찍한 일들을 생각하지 않으려고 안간힘을 썼지만, 그때의 괴로움이 떠올라 몸서리쳐지곤 했다. 단지 그는 자기를 파괴시킨 그 장본인을 무기력하게 미워하고 있을 뿐이었다.

그리고 그로부터 몇백 년이 지났는지도 기억할 수 없던 어느 날, 마왕은 머리 위 어딘가에서 어렴풋이 들려오는 발소리, 신음소리, 고함소리, 그리고 이를 가는 듯한 소리를 들었다. 그는 머리를 들고 그 소리에 귀를 기울였다.

마왕은 그리스도의 승리 이후로 지옥이 다시 일어나리라고는 결

코 생각조차 하지 못하고 있었다. 그런데 멀리서 들려오던 그 소리들은 더욱더 분명하게 들려 오고 있었다. 마왕은 몸을 일으켜 세우고 덥수룩한 털 사이로 발톱이 삐죽이 나와 있는 다리를 접고 앉아서는(놀랍게도 족쇄는 어느새 풀려 어디론가 없어졌다) 자유롭게 펼칠 수 있게 된 날개를 퍼드덕거려 보았다. 그리고 그가 예전에 자신의 부하나 하인들을 부를 때 쓰던 휘파람을 불었다. 그러자 숨을 돌리기도 전에 그의 머리 위로 구멍이 열리고 빨간 불빛이 환하게 비치면서 그 구멍으로부터 마치 까마귀 떼가 짐승의 시체 주변으로 모이는 것처럼, 마귀의 무리가 지옥의 마왕 주변으로 모여들었다. 마귀들 가운데에는 큰 놈, 작은 놈, 뚱뚱한 놈, 마른 놈, 꼬리가 긴 놈, 꼬리가 짧은 놈도 있었고, 그리고 또 뿔이 뾰족한 놈, 곧은 놈, 구부러진 놈도 있었다. 거의 벗은 몸에다가 어깨에 작은 망토를 걸치고 있는 한 마귀는 수염 없는 동그란 얼굴에 축 늘어진 커다란 배와 번들번들 까맣게 빛나는 몸을 가지고 있었다. 그는 부리부리한 눈망울을 이리저리 굴리면서 얼굴에 웃음을 가득 머금고 마왕의 코앞에 웅크리고 앉아서, 가늘고 긴 꼬리를 규칙적으로 좌우로 흔들고 있었다.

III

"대체 이건 무슨 소리냐?"
마왕이 위쪽을 가리키며 물었다.
"저 위는 지금 어떠하냐?"
"옛날 그대로입니다."
망토를 걸친 윤기가 흐르는 마귀가 대답했다.
"그럼 진짜로 죄인이 있단 말이냐?"
마왕은 호기심에 가득하여 물었다.
"그렇습니다. 많습니다."

몸이 까맣게 번들거리는 마귀가 대답했다.

"그렇다면 그자의 이름은 떠올리고 싶지도 않지만, 그자의 가르침은 도대체 어떻게 됐단 말이냐?"

마왕이 다시 물었다.

망토를 입은 마귀는 날카로운 이를 드러내 보이며 웃었다. 그러자 모여 있던 마귀들 사이에서도 조심스러운 비웃음 소리가 들려왔다.

"결코 그의 가르침도 우리가 하는 일을 방해하지 못합니다. 이젠 그의 가르침을 믿는 사람은 아무도 없습니다."

망토를 입은 마귀가 말했다.

"그렇지만 그의 가르침은 확실히 우리들로부터 그들을 구해내지 않았느냐. 더욱이 그자는 자신의 목숨을 희생시킴으로써 그걸 증명하지 않았느냔 말이다!"

"전 그것을 이용해 우리의 말을 듣도록 만들었습니다."

마왕이 의아한 질문을 할 때마다 망토를 입은 마귀는 꼬리로 마루를 치면서 대답했다.

"어떻게 고쳤단 말이더냐?"

"말하자면 인간들이 그자의 가르침을 믿는 것이 아니고, 그자의 이름을 부르며 제 가르침을 믿도록 고쳐 놓았습니다."

"어떻게 네가 그런 일을 할 수 있었는지 궁금하구나?"

"저절로 되었습니다. 저는 단지 약간 도왔을 뿐이지요."

"간략히 설명해 보거라!"

마왕은 매우 궁금한 기색으로 대답을 재촉했다.

그러자 망토 입은 마귀는 고개를 떨구고 아무런 말 없이 무엇인가 잠시 생각하는 듯 하다가 천천히 말을 시작했다.

"그 끔찍한 일이 일어났을 때, 다시 말씀드리면 지옥이 무너지고 저희들의 아버지이시며 통치자이신 당신께서 저희들 곁을 떠나버리셨을 때 저는 우리들을 멸망시킬 뻔했던 그 가르침이 널리 퍼져 있는 바로 그곳으로 갔습니다. 그의 가르침을 실천하고 있는 인간들은 어떻게 살아가고 있는지 직접 보고 싶었기 때문이었습니다.

저는 그의 가르침대로 살고 있는 그곳의 인간들이 모두 행복한 생활을 하고 있어서 도저히 저희들로서는 어떻게 해볼 도리가 없다는 생각에 도달했습니다. 그들 중에는 결혼하지 않은 인간도 있었고, 결혼한 인간은 대부분 한 명의 아내와 행복하게 살아가고 있었습니다. 그리고 재산은 모두의 공동으로 되어 있어서 그로 인해 서로에게 화를 내거나 하는 일도 없었고 여자를 희롱하는 일도 없었습니다. 더욱이 그들은 공격해 오는 자가 있어도 그것을 힘으로 막지 않고, 악을 선으로 갚는다는 생각을 하고 있었습니다.

그와 같이 그들의 생활이 너무도 모범적이다 보니 다른 인간들도 점점 그들의 생활 쪽으로 마음이 기울어지고 있는 것이었습니다. 이런 광경을 보고 저는 이젠 모든 것이 다 끝났다고 체념한 채 돌아서려고 했습니다. 그런데 바로 그때 한 사건이 제 눈앞에서 벌어지고 있었습니다. 물론 그건 대수로운 것은 아니었습니다만, 어쩌면 흥미로운 일이 벌어질지도 모른다는 생각이 들어서 거기에 남아보기로 했습니다.

그들 사이에 의견이 엇갈리고 있었는데 한쪽에서는 사람들 모두 영세를 받아야 하며 성상에 바쳤던 음식은 먹어서는 안 된다는 것이고, 또 다른 한쪽에서는 이런 논쟁은 불필요한 것이며 영세라는 것도 받을 필요가 없을 뿐만 아니라 음식물은 무엇을 먹어도 상관없다는 것이었습니다. 그래서 저는 양쪽 모두를 충동질하기 시작했습니다. 서로의 의견이 다르다고 하더라도 하느님과 관계되는 일이니만큼 그들 양쪽 모두의 의견은 존중되어야 하며 결코 양보되어서는 안 된다고 생각하도록 만든 것입니다. 그들은 제 말을 곧이 믿고 더욱 거칠게 싸웠고 결국 그들은 자기와 의견이 다른 상대방에게 분노를 터뜨리기 시작했습니다. 바로 그때 저는 그들 스스로 자기들이 주장하는 교리의 진실성을 기적으로 증명할 수 있다고 양쪽 모두에게 바람을 넣었습니다. 기적으로써 가르침의 진실을 증명할 수 없다는 것은 자명한 일이었는데도 그들은 자기들이 내세운 주장에 대한 정당화를 위해 제 말을 믿고 받아들였습니다.

저는 즉시 그들에게 기적을 보여주었습니다. 기적을 행하는 것쯤은 그다지 어려운 일이 아니니까요. 그들 양쪽 모두는 자기들이 내세우는 주장만이 진실하다는 것을 증명하기 위해서 무엇이든 믿었습니다. 한쪽에서 자기들 머리 위에 불길이 내렸다고 하면, 다른 한쪽에서는 죽은 스승을 직접 보았노라고 말하며 있지도 않은 말들을 꾸며댔습니다. 그리고는 곧 우리들을 거짓말쟁이라고 부른 그자의 이름에 대고 마치 진실을 말하는 것처럼 맹세하는데 그들은 우리들보다도 더 많은 거짓말을 일삼으면서도 자신들이 그런 거짓말을 하고 있다는 사실조차 깨닫지 못하고 있었습니다. 그리고 그들은 상대편이 주장하는 기적은 진짜가 아니고 자기네들 것이 진짜라고 말했습니다. '거짓은 정말로 진짜란 말이다.' 이런 판국이었고 이런 식으로 일은 제대로 되어 가고 있었습니다.

모든 일이 순조롭게 진행되고 있었습니다만 너무나 뻔한 속임수에 그들이 눈치채지나 않을까 해서 얼마나 걱정되었는지 모릅니다. 그래서 고안해 낸 것이 교회였습니다. 그리고 생각한 대로 그들은 교회를 믿기 시작했고, 저는 안심할 수 있었습니다. 그때서야 저는 우리들이 구원되었고 지옥이 다시 부흥되었음을 깨달았습니다."

IV

"교회라고 하는 게 대체 무엇이냐?"

자기 부하가 자기보다 영리하다는 것을 믿고 싶지 않은 마왕은 위엄을 갖추어 물었다.

"교회라고 하는 것은 거짓말하는 인간들이 자기 말을 다른 사람들이 믿도록 하려고 하느님의 이름으로 맹세하면서 '제가 하는 말은 진실입니다.' 라고 말하는 것입니다. 원래 교회는 교회로서의 훌륭함이 있지만 그리스도인이라고 믿는 사람들은 자신들은 결코 잘못 판단하는 일이 없다고 확신하고 있기 때문에, 그들이 아무리 어리석은 말을 해도 어느 누구도 거부할 수 없는 특별함을 갖고 있습니다. 그리고 교회가 생김으로써 인간들의 스승, 즉 신이 인간들에게 내린 계율의 왜곡된 해석을 피하기 위해 선택된 자들과 이들에 의해서 권력이 승계된 인간만이 신의 가르침을 바르게 해석할 수 있다고 자신과 다른 사람들을 확신시키는 것입니다. 그래서 스스로를 교회라고 말하는 인간들은 자기들만이 진리 속에 살고 있다고 생각합니다. 그러나 그것은 자신들이 가르치고 있는 것이 진리이기 때문이 아니라, 오직 자신들만이 스승이신 신의 제자, 그 제자의 제자, 그 제자의 또 그 제자의 유일하고 정당한 후계자라고 여기고 있기 때문입니다. 물론, 이러한 방법에는 기적이 나타날 때처럼 불합리한 면도 있습니다.

다시 말하면 인간은 모두들 동시에 오직 자기만을 유일한 참 교인이라고 단언한다는 것입니다(이런 현상은 언제나 가끔은 있는 것입니다). 그러나 이 방법의 유리한 점은 인간들이 자기 자신을 교인이라고 하자마자 이러한 확신을 기반으로, 가령 그들이 어떤 터무니없는 소리를 하고, 혹 다른 사람들이 무슨 말을 한다고 하더라도 자기가 만들어낸 교리가 세워지고 그들 스스로 자기가 한 말을 부정할 수 없게 된다는 것입니다."

"그렇다면 왜 교회는 우리들에게 이익이 되도록 가르침을 왜곡한다는 말이더냐?"

마왕이 물었다.

"왜 그들이 그렇게 했는지를 말씀드리겠습니다."

망토 입은 마귀가 대답했다.

"자신만이 신의 계율을 바르게 해석할 수 있는 유일한 사람이라고 인정하고 이것을 사람들에게 믿도록 만들어서 인간의 운명을 결정짓는 최고의 결정권자가 되었습니다. 그렇게 되니 그들은 인간을 지배할 수 있는 최고의 힘을 갖게 된 것입니다. 그러나 이러한 권력을 손에 넣은 인간들은 자연히 거만하게 되었고, 또 그 중의 대부분은 타락해 버리고 말았기 때문에 그런 자들을 대면하는 사람들은 불쾌감과 적대감을 감추지 못했습니다. 그래서 그들은 자신들의 권한을 인정하지 않으려는 모든 인간들을 박해하고 벌하고 심지어는 화형하기 시작했습니다. 그리고 그들은 자신들의 방탕한 생활과 자신들의 적에게 사용했던 잔악성을 정당화시키기 위해서 어떤 의미에선 신의 가르침조차 왜곡하지 않으면 안 되는 처지에 놓이고 말았던 것입니다. 그리고 그들은 그렇게 그대로 실행에 옮겼습니다."

V

"그렇지만 그 가르침은 매우 단순하고 명확한 것이 아니었더냐?" 마왕이 말했다. 그는 여전히 차기도 미처 생각하지 못했던 것을 자기 부하가 생각해 낸 것을 믿고 싶지 않았던 것이다.

"대체 어떻게 왜곡되게 해석할 수 있단 말이냐? '네가 사람들에게 바라는 것처럼 사람들을 대하여라!' 이런 말을 어떻게 달리 해석할 수 있단 말이냐?"

"그런 문제에 관해서도 그들은 제 충고에 따라서 여러 가지 방법을 썼습니다."

망토 입은 마귀는 계속 말을 이었다.

"사람들 사이에 이런 말이 있습니다. '착한 마술사가 나쁜 마술사로부터 인간을 구하기 위해 인간을 수수알갱이로 변하게 했더니 나쁜 마술사는 닭으로 변해서 그 수수알갱이를 쪼아 먹으려고 했습니다. 그래서 착한 마술사는 그 수수알갱이에다 기장 낟알을 잔뜩 뿌려 놓았습니다. 그랬더니 나쁜 마술사는 기장 낟알을 다 먹어 치울 수가 없어서 그만 수수알갱이를 먹지 못했다는 것입니다.' 그들은 제 충고에 따라서 그렇게 했습니다.

자신이 사람들에게 바라는 것처럼 사람들을 대해 주는 것이야말로 계율의 전부라고 전파한 사람들 모두에 대해서 그렇게 했던 것입니다. 그들은 49권의 책을 신의 계율이 담긴 신성한 책이라고 여기고 이 책들 속에 있는 모든 말씀을 신의 말씀이라고 정했습니다. 그들은 간단하고 이해하기 쉬운 진리 위에 신성한 진리를 왜곡하여 엄청나게 쏟아 냈으므로 그것들을 모두 받아들일 수가 없었을 뿐만 아니라, 그 속에서는 사람들에게 진실로 필요한 단 하나의 진리도 찾아낼 수 없게 되었습니다. 이것이 그들의 첫 번째 방법입니다.

두 번째 방법은 그들이 이미 천 년 이상이나 성공적으로 사용했던 것입니다. 이 방법은 매우 단순해서 진리를 계승하려는 자들은 모두 죽이거나 화형에 처하는 것입니다. 오늘날에는 점점 사라져 가는 방법이지만 이 방법이 완전히 사라진 것은 아닙니다. 진리를 펼치고자 하는 사람들을 화형에 처하는 것은 아니지만, 그들을 혹독하게 비방함으로써 그 삶에 심각한 해악을 주기 때문에 아주 적은 수의 사람들만이 그들의 비행을 폭로할 엄두를 냅니다. 이것이 두 번째 방법입니다.

세 번째 방법은 자기 자신을 교회, 즉 절대 선이라고 여기면서 필요할 때는 성서에서 말하는 것과 모순되는 말도 태연하게 가르치고, 이러한 모순에서 벗어나는 것마저도 제자들의 능력이고 역량이라고 여기면서 가르침을 받는 사람들에게 결과를 전적으로 맡기는 것입니다. 예를 들면 성서에는 '그대들의 스승은 오직 그리스도 한 분이시고, 지상의 그 누구도 아버지라고 불러서는 안 된다. 왜냐

하면 너희들의 유일한 아버지는 하늘에 계시는 분이시기 때문이다. 또 스승이라고 함부로 부르지 말아라. 너희들을 가르치는 분은 오직 한 분 그리스도뿐이다.' 그런데 인간들은 '우리들만이 아버지이고, 우리들만이 인간을 가르치는 스승이다.'라고 말합니다.

또 성서에서는 이렇게 말하고 있습니다. '만일 기도하려면 남몰래 혼자 기도하라. 하느님께선 너의 기도를 들으실 것이다.' 그런데 그들은 교회 안에서 모두 함께 모여 노래와 음악을 하면서 기도해야 한다고 가르치고 있습니다.

또한 성서에서는 이렇게 말하고 있습니다. '절대로 맹세해서는 안 된다.' 그런데 그들은 '나라에서 그대들에게 무엇을 요구하든 나라에 대해서는 절대로 복종을 맹세해야만 한다.'라고 사람들에게 가르치고 있습니다. 또 '죽여서는 안 된다.'라고 가르치고 있으면서 다른 한편으론 '전쟁과 재판에서는 죽일 수 있고 또 죽여야만 한다.'라고 가르치고 있습니다.

그리고 성서에는 '내 가르침은 영혼이요 생명이니, 이것을 양식으로 삼을지어다.'라고 씌어 있지만, 그들은 빵 조각에 포도주를 묻혀 놓고서 그 빵 조각을 향해서 어떤 문구를 외우면 빵은 몸이 되고 포도주는 피가 되기 때문에 이 빵을 먹고 포도주를 마시는 것은 영혼을 구하는 데 꼭 필요하다고 가르치고 있습니다. 사람들은 그 말을 열심히 믿고 행함에도 불구하고 그 빵과 포도주가 아무런 도움이 되지 못한다는 사실에 매우 놀라고 있습니다."

망토 입은 마귀는 이렇게 말을 마친 후 눈알을 굴리면서 입을 귀 밑까지 크게 벌리고 이를 드러내 보이며 웃었다.

"매우 잘했다."

마왕은 이렇게 말하고 흡족해 하며 웃었다. 그러자 마귀들도 모두 큰 소리로 웃었다.

VI

"정말로 너희들이 있는 곳엔 옛날처럼 간음하는 자와 강도, 살인자들이 있단 말이냐?"

마왕이 쾌활하게 웃으며 물었다.

마음이 들뜬 다른 마귀들도 기다렸다는 듯이 저마다 한마디씩 말하기 시작했다.

"옛날에 있었던 그 정도는 따질 것도 못됩니다. 전과는 비교도 안 될 정도로 많습니다."

한 마귀가 그렇게 소리쳤다.

"간음한 자들만을 본다고 해도 전에 수용했던 장소가 협소하게 느껴질 정도니까요."

다른 마귀가 날카로운 어조로 말했다.

"요즘 강도들은 전보다도 훨씬 악독한 놈들이지요."

세 번째 마귀가 말했다.

"살인한 놈들을 불구덩이에 처넣기 위한 장작을 준비하기도 바쁠 지경입니다."

네 번째 마귀가 말했다.

"잠깐만, 모두들 그렇게 한꺼번에 말해 버리면 어떻게 하느냐! 내가 먼저 물어볼 테니 차례로 대답하여라. 우선 간음을 담당하는 자가 앞으로 나와서 대답해 보거라. 그래, 아내를 바꾸는 것을 금하고 음란한 눈으로 여자를 보아서는 안 된다고 한 자의 제자들을 지금 어떻게 다루고 있느냐? 간음 담당자는 누구지?"

"예, 바로 제가 그 일을 맡고 있습니다."

축처진 얼굴에 침을 흘리고 있는 여성스럽게 생긴 갈색 마귀가 입을 계속 우물거리면서 궁둥이로 기어서 마왕에게로 다가가더니 대답했다. 다른 마귀들 사이에서 앞으로 나온 마귀는 웅크리고 앉아서 머리를 비스듬히 옆으로 두고 두 다리 사이에 털이 뽀송뽀송한 꼬리를 놓았다. 그리고는 꼬리를 흔들면서 마치 노래하는 것처럼 말했다.

"저희들은 아버지시며 통치자이신 당신께서 예전에 하셨던 방법 그대로 다시 말씀드리면, 전 인류를 우리들에게 넘겨준 아직 세상이 낙원이었던 때에 사용했던 방법, 그리고 새로운 교회식 방법을 함께 사용하고 있습니다. 이 새로운 교회식 방법에 의해서 저희는 다음과 같은 일을 하는 것입니다. 예를 들어 진정한 결혼이라는 것은 남자와 여자의 실질적인 결합이 아니라, 단지 가장 훌륭한 옷을 입고 그것을 치르기 위해 특별히 세워진 웅장한 건물로 가서 특별히 준비된 모자를 쓰고 여러 가지 노래에 맞추어 작은 탁자 둘레를 세 번 도는 것이 진정한 결혼의 의미라고 확신하도록 만드는 것입니다. 그러면 그걸 사실로 믿고 있는 인간들은 자연히 이러한 의식을 치르지 않은 모든 남녀의 결합에 대해서는 단순히 서로에게 어떤 구속도 요하지 않는 향락 또는 생리적 욕구만을 만족시키는 것에 불과하다고 여기기 때문에 인간들은 아무런 거부감 없이 이 의식에 몰두하게 되는 것입니다."

여자같이 생긴 마귀는 처진 얼굴을 다른 쪽으로 기울인 채 잠시 입을 다물고, 마치 자기가 한 이야기에 대해 마왕의 반응을 관찰하는 것처럼 그를 쳐다보았다. 마왕이 이해가 된다는 듯이 고개를 끄덕여 보이자 그 여자같이 생긴 마귀는 이야기를 계속했다.

"이 방법 외에 이전에 천국에서 사용되었던 금단의 나무열매를 이용하는 방법과 호기심을 일으키는 방법도 쓰고 있습니다."

그가 이야기하는 모습에는 마왕에게 아첨하는 기색이 역력했다.

"우리는 최상의 결과를 얻어내고 있습니다. 남자들은 많은 여자와 관계를 맺은 후에도 교회에서 정직한 결혼을 할 수 있다고 생각하기 때문에 남자들은 수백 명의 여자를 바꾸곤 합니다. 그로 인해 아주 방탕한 생활에 빠지는데 그 생활은 교회에서 결혼을 하고 난 후에도 계속되고 있습니다. 만약 이 교회에서 결혼하는 데 있어서 몇몇의 요구가 못마땅하게 여겨지면 그들은 첫 번째는 진짜가 아니었다고 하고 두 번째로 탁자의 둘레를 돌게 됩니다."

여자처럼 생긴 악마는 입에 가득히 고인 침을 꼬리 끝으로 닦더니 또 다른 옆쪽으로 머리를 기울이면서 아무런 말 없이 마왕을 주시했다.

VII

"참으로 간단하구나."

마왕이 말했다.

"그럼 강도들은 누가 처리하느냐?"

"예, 접니다."

커다랗고 휜 뿔과 위로 턱수염이 말려 올라간 거대한 마귀가 굽은 두 다리를 앞으로 내딛으며 대답했다. 앞으로 기어 나온 마귀는 군인처럼 두 손으로 입 주변의 수염을 정리하면서 마왕의 질문을 기다렸다.

"지옥을 파괴했던 그 자는……."

마왕이 말하기 시작했다.

"사람들에게 하늘을 날아다니는 새처럼 사는 방법을 가르쳤고, 셔츠를 벗어주기 원하는 자에겐 외투를 벗어주고, 구원을 받고 싶으면 재산을 나누어주라고 말했다. 그런데 너희들이 어떻게 그 가르침을 따르던 인간들이 강도 짓을 하도록 만들었단 말이냐?"

"예, 저희들이 그 일을 하고 있습니다."

콧수염이 있는 마귀가 위풍 있는 태도로 머리를 뒤로 젖히면서 말했다.

"저희들의 아버지시며 통치자이신 당신께서 사울을 왕으로 뽑았을 때 하셨던 것처럼 저희들도 그렇게 했을 뿐입니다. 그때 당신께서 세뇌하셨던 것처럼 인간들이 서로 약탈하는 행위를 그만두게 하는 대신 한 사람을 선택하여 그에게 모든 인간에 대한 절대적인 권력을 부여하고 그 한 사람에 의해 자신들이 약탈당하는 것이 더욱 유리하다고 사람들을 세뇌시키는 것입니다.

저희들이 사용하고 있는 이 방법의 새로운 점은 선택된 사람을 성전으로 데리고 가서 이 행해지는 약탈권을 승인하기 위해서 그의 머리에 특별한 모자를 씌운 다음 높은 안락의자에 앉힙니다. 그리곤 손에는 봉과 공을 쥐어주고 재계의 기름을 바른 후 성부와 성자의 이름으로 성유를 바른 이 인간을 숭고한 자라고 선포하는 것입니다. 그렇게 되면 이 숭고한 자로 간주된 자가 저지르는 약탈은 결코 무엇으로도

제한할 수 없게 될 뿐만 아니라, 결국 이 숭고한 자와 그의 제자, 그 제자의 또 그 제자로 이어지면서 아무런 거리낌없이 안정적으로 사람들을 약탈하게 되는 것입니다. 게다가 규율과 규칙을 정해 놓고 이것을 명분으로 삼아 성유도 바르지 않은 소수의 게으름뱅이들이 아무런 처벌 없이 대다수의 일하는 서민들을 마음만 먹으면 약탈할 수 있는 것입니다. 그래서 최근에 몇몇의 나라에서는 성유를 바른 사람이 없더라도 성유를 바른 사람이 있는 나라와 마찬가지로 지속적인 약탈이 일어나고 있습니다.

우리들의 아버지이시며 통치자이신 당신께서 보시는 바와 같이 사실 우리가 사용하고 있는 방법은 구식인 면이 있습니다. 그렇지만 이 방법에서 새로운 면을 찾아본다면 이 방법을 보다 일반적이고, 보다 은밀하게, 그리고 보다 광범위한 시공간 속에서 사용할 수 있도록 했다는 것입니다.

저희들이 이 방법을 일반적인 것이라고 말하는 것은 예전의 인간들은 자기들이 직접 선출한 인간에게 자신의 의지로 복종하곤 했습니다만, 지금은 그들이 원하는 것과는 전혀 관계없이 자신들이 선출한 사람이 아니라 아무에게나 복종하게 되었다는 것입니다. 또 이런 방법을 좀더 은밀하게 했다고 하는 것은 특수간접세라는 세금 덕분에 이제 약탈을 당하는 사람들이 자기가 약탈당하고 있다는 사실조차 깨닫기 어렵다는 것입니다.

그리고 이런 방법이 공간적으로 보다 널리 세상에 퍼져 있다는 것은 그리스도 교도라고 불리는 자들이 저지르는 약탈이 자기들 것에만 국한되어 있는 것이 아니라 다양하고 이상한 구실을 붙여서 특히, 그리스도교를 전파한다는 명분하에 약탈할 만한 것이 있는 다른 나라의 국민들까지도 약탈한다는 것입니다. 시간적으로도 이 새로운 방법은 공채나 국채 체제의 덕분에 전보다 널리 퍼져 있어서 지금 살아 있는 사람들만이 아니라 후대까지도 약탈당하고 있는 것입니다. 또한 이 방법을 더 견고하게 만들었다고 하는 것은 약탈자의 우두머리들은 숭고한 자로 추앙되기 때문에 사람들은 그의 행동에 대항할 엄두를 내지 못한다는 것입니다. 그래서 우두머리 약탈자가 성유를 바르기만 하면 누구에게나 원하는 만큼 아무 걱정 없이 약탈할 수 있습니다.

그래서 한 번은 실험삼아 러시아에서 가장 추하고, 어리석으며 법적으로도 아무런 권한이 없는 무식한 방탕녀들을 차례로 왕의 자리에 앉힌 적이 있었습니다. 마지막 여자는 단순히 방탕한 생활을 했던 것이 아니라 남편과 그의 법적 상속자를 죽인 범죄자였습니다. 그럼에도 불구하고 사람들은 그 여자가 성유를 발랐다는 이유 하나만으로 일반적으로 남편을 살해한 여자들에게 가해지는 콧구멍을 찢든가, 채찍으로 치든가 하는 처벌이 내려지기는커녕 30년 동안이나 그녀에게 노예처럼 복종했으며 또한 그녀와 그녀의 수많은 정부들에게까지도 국민의 재산과 자유를 약탈하도록 방치해 두었습니다. 그로 인하여 오늘날 지갑이나 말, 옷 종류를 강탈하는 것과 같이 드러나 보이는 약탈은 지속적으로 행해지고 있는 합법적인 약탈에 비하면 전체의 백만 분의 일도 되지 않을 것입니다. 그러다 보니 오늘날에는 약탈이라는 것이 벌을 받지 않고도 은밀하게 이루어지고 있고 약탈하려고 하는 행위가 사람들 사이에서 살아가는 주된 목적이 되어 버린 것입니다. 단지, 이러한 약탈은 약탈자 상호간의 싸움에 의해서만 완화되고 있습니다."

VIII

"그렇군, 매우 좋은 생각이야."

마왕이 말했다.

"그럼 살인은 어떤가? 누가 살인을 맡고 있지?

"접니다."

앞니가 튀어나오고 날카로운 뿔을 가진 붉은 빛을 띤 마귀가 너무 살이 쪄서 움직이지도 않는 꼬리를 위로 쳐들고 무리 속에서 나오며 대답했다.

"어떻게 너는 '악을 악으로 갚지 말고, 원수를 사랑하라.' 고 말한 자의 제자들을 살인자가 되도록 만든단 말이냐? 대체 그 방법이란 것이 어떤 것이냐?"

"옛날 방법대로 하고 있습니다."

붉은 마귀는 귀가 쩌렁쩌렁 울리는 목소리로 대답했다.

"인간들의 마음 속에 있는 탐욕, 살의, 증오, 복수심, 거만을 불러일으키는 것입니다. 그리고 옛날 방식 그대로 인간들이 살인을 못하도록 하기 위한 가장 좋은 방법은 살인한 자들을 자신들이 직접 공개적으로 죽이는 것이라고 사람들의 스승에게 충동질하는 겁니다. 그렇게 되면 이러한 방법은 단순히 살인자들만을 우리들에게 넘겨주는 것이 아니라 오히려 우리들을 위해서 살인자들을 양성하게 되는 것이지요. 이 새로운 가르침은 상당히 많은 수의 살인자들을 우리에게 보내주었고 우리에게 교회의 절대성, 그리스도교의 결혼, 그리고 그리스도교적인 평등에 대한 새로운 가르침을 주고 있는 것입니다. 자신을 절대적 선인 교회의 일원이라고 여기는 자들은 가르침에 대해 왜곡된 해석을 하면서 인간들이 타락하는 것을 내버려둔다는 것은 범죄적인 행위이므로 그런 자들을 죽이는 것은 신에게 이로운 일이라고 하는 것입니다. 그래서 그들은 많은 사람을 죽이고 처형하였으며 수십만의 사람들을 화형시켰습니다. 게다가 더욱 재미있는 것은 참된 가르침을 이해하기 시작한 사람들을 처형하거나 화형시킨 자들은 우리에게 있어 가장 위험한 이런 사람들을 우리들의 제자, 즉 마귀들의 제자들이라고 생각했습니다. 그래서 사람들을 장작불에 태워 죽이고 처형했던 장본인들은 실제로 과거에 우리들에게 복종했던 하인들이었는데 그들은 자

기 자신을 하느님의 뜻을 실행하는 집행자라고 생각하고 있습니다.

전에는 이와 같았습니다. 지금은 그리스도교의 결혼과 평등에 관한 가르침이 매우 많은 살인자를 우리들에게 제공하고 있습니다. 결혼에 관한 가르침은 첫째로 부부는 서로를, 어머니는 아이들을 죽이고, 남편과 아내는 교회 결혼에 대한 규정과 관습에 따른 몇몇의 요구가 그들을 구속한다고 여기면 서로를 죽이는 것입니다. 어머니가 아이들을 죽이는 경우는 결혼으로 인정되지 않는 결합에 의해서 아이들이 생겼을 경우가 대부분입니다. 서로에 대한 이러한 살인은 지속적이고 일정하게 일어나고 있습니다. 평등에 대한 그리스도교의 가르침에 의해서 실행되는 살인은 주기적으로 일어나고 있습니다만, 그 대신 한번 행해질 때는 대규모로 이루어집니다. 이 가르침을 통하여 모두가 법 앞에선 평등하다는 것을 그들에게 심어주는 것이지요. 그러면 약탈당한 사람들은 그것이 옳지 않다고 느낍니다.

그리고 사람들은 법 앞에서 평등하다는 것이 단지 약탈자에게 약탈을 계속할 수 있는 빌미를 제공해 주는 것일 뿐 그들 자신을 위해서는 적절하지 못하다는 것을 깨닫게 됩니다. 이렇게 생긴 불만은 반란과 더불어 자신을 약탈한 자들을 습격하게 되는 것이지요. 결국 이렇게 해서 때때로 우리들에게 한꺼번에 몇만 명이라는 살인자를 넘겨주게 되는, 서로 죽이기가 시작되는 것입니다."

IX

"그렇지만 전쟁에서의 살인이라니? 모든 인간을 한 아버지의 자식이라고 말하며 적을 사랑하라고 외친 자의 제자들을 어떻게 살인자로 몰고 갈 수 있단 말이냐?"

붉은 마귀는 입에서 불과 연기를 내뿜은 후, 이를 살짝 드러내 보이고 웃더니 통통한 꼬리로 기쁜 듯이 자기 등을 두드렸다.

"저희들은 세상의 모든 민족에게 '너희들이야말로 세상에서 가장 훌륭한 민족이기 때문에 세상의 모든 민족을 너희들이 지배해야만 한다.'고 부추기고 있습니다. 독일 민족에겐 '너희들이 세상에서 가장 훌륭한 민족'이라고 하고, 프랑스, 영국, 러시아 민족에겐 또 '너희들이 세상에서 가장 훌륭한 민족'이라고 바람을 넣는 것이지요. 그렇게 되면 모든 민족에게 똑같은 생각을 심어주기 때문에 그들은 항상 이웃 민족들에게 위협을 느끼게 되고 늘 방어할 준비를 갖추면서 서로에게 원한을 품게 되는 것입니다. 한쪽에서 방어 준비를 하고 이웃 민족에 대해 원한을 품을수록 다른 민족들도 더욱 방어 태세를 갖추고 더욱 상대에게 원한을 품게 되는 것입니다. 그래서 지금은 우리들을 살인자라고 부른 자의 가르침을 받은 모든 사람들이 살인을 위한 준비와 바로 살인 그 자체 때문에 항상 그리고 무엇보다도 바쁘게 되었습니다."

X

"오, 매우 기지 넘치는 생각이구나!"
짧은 침묵이 흐른 뒤 마왕이 말했다.
"그런데 왜 위선으로부터 자유롭다는 학자들은 교회가 교리를 왜곡하는 것을 보지 못하고 그것을 바로세우지 않는단 말이냐?"

"그건 그자들이 할 수 없기 때문입니다."

평평한 이마에 삐죽이 튀어나온 큰 귀를 가진 윤기 없는 검은 악마가 망토를 걸친 차림으로 앞으로 기어 나와서 꽤나 자신감 넘치는 목소리로 대답했다.

"그렇게 생각하는 이유가 무엇이냐?"

마왕은 망토 입은 마귀의 자신감 넘치는 태도가 마땅치 않은 듯 엄한 목소리로 물었다.

그러나 망토 입은 마귀는 마왕의 이러한 태도에 조금의 동요도 없이 다른 마귀들처럼 근육 없는 다리를 꿇지도 않고 동양식으로 양반다리를 하고는 조용하고도 침착하게 대답했다.

"그들이 그렇게 할 수 없는 이유는 그들이 알아야 되고, 알 필요가 있는 것을 보지 못하도록 제가 항상 그들의 관심을 다른 곳으로 돌리고 있기 때문입니다."

"어떻게 그렇게 한단 말이냐?"

"때에 따라서 여러 가지 다양한 방법을 써 왔고 쓰고 있습니다."

망토 입은 마귀가 대답했다.

"예전처럼 삼위일체의 상호 관계, 그리스도의 출생과 그것의 본질, 그리고 신의 특성 같은 것에 대해 상세히 이해하는 것이 그들에게 가장 중요한 것이라고 바람을 넣었기 때문입니다. 그래서 그들은 오랫동안 수없이 그런 것들에 대해서 토론하고 증명하면서 언쟁하고 화를 냈습니다. 그렇게 그들은 토론에 온 정신을 빼앗겨 자

기들이 어떻게 살아야 하느냐에 관해서는 전혀 생각하지 않기 때문에 자신들 스승의 인생에 대한 이야기조차도 알아야 할 필요를 느끼지 못했던 것입니다.

그리고 나중에 그들이 자기가 무엇을 말했는지조차 이해할 수 없을 정도로 이 토론 속에 깊이 빠져있었을 때, 저는 일부 사람들 마음 속에 몇천 년 전 그리스에 살았던 아리스토텔레스라는 사람이 적어 놓은 모든 것을 연구하고 해명하는 것이 그들에게 가장 중요한 일이라고 부추겼습니다. 그리고 다른 사람들에겐 금을 만들어 낼 수 있는 돌과 모든 병을 치료할 수 있는 신비의 약을 찾아내어 인간을 불로장생하게 만드는 것이 가장 중요한 일이라고 바람을 넣었더니 그들 중에서 가장 현명하다고 하는 학자들은 자기의 온 정열을 거기에 쏟아 붓는 것이었습니다.

그리고 여기에 별다른 관심이 없는 학자들에게는 '지구가 태양의 주위를 돌고 있는가' 아니면 '태양이 지구 주위를 돌고 있는가'를 알아야 한다고 부추겼습니다. 그들은 태양이 지구 주위를 돌고 있는 것이 아닌 지구가 태양 주위를 돌고 있다는 사실을 알았을 때, 태양에서 지구까지의 거리가 몇백만 베르스타(미터법 시행전 러시아의 거리단위. 1베르스타=약 1km)가 된다는 것을 산출해내고는 매우 기뻐했습니다. 그리고 그 이후부터 오늘날까지 더욱 열심히 별에서부터 지구까지의 거리를 연구하고 있습니다. 물론 그들도 별의 수가 헤아릴 수 없이 많아서 이 거리에는 끝이 없고 끝이 있을 수도 없으며 또한 전혀 알 필요도 없다는 것을 알고 있습니다. 게다가 저는 모든 짐승, 모든 벌레, 모든 식물, 그 모든 무한히 작은 생물들이 어떻게 생겨났는지에 관해서 아는 것도 중요하고 필요한 일이라는 것을 그들의 마음 속에 심어 주었습니다.

물론 이것도 그들에겐 전혀 알 필요가 없는 것이지요. 생물의 수는 별의 수만큼이나 무한히 많기 때문에 그것을 알아내는 것이 불가능하다는 점은 너무도 명확한 사실인데 그들은 물질 세계의 현상에 대한 이와 비슷한 연구에 자신들의 정열을 쏟아 붓고 있습니다.

결국 자신들이 알 필요가 없다는 것을 깨달으면 깨달을수록 그들은 자신들에 의해서 알려지지 않은 것들이 점점 더 존재하게 된다는 사실에 매우 놀라고 있습니다. 비록 연구에 따라서 그들이 알아내야만 하는 미지의 영역이라는 것이 점점 더 넓어지고, 연구의 대상은 더 복잡해져서 그들에 의해서 습득된 지식조차도 그 자체로는 일상생활에서 응용될 수 없다는 사실이 너무도 자명하다고 알고 있습니다. 하지만 자기가 하는 일이 중요하다고 확신하고 있기 때문에 이런 사실에는 조금도 개의치 않고 계속 연구하고 설교하고 적고 인쇄하면서 아무 곳에도 쓸데없는 대부분의 연구물과 논문을 다른 외국어로 번역하는 것입니다. 간혹 어디엔가 필요하다고 하더라도 그것은 단지 소수의 부자들을 위한 유희거리에 불과하게 되든지 아니면 오히려 수많은 가난한 사람들을 더욱 힘들게 만드는 제공자가 되는 것이지요.

아울러 저는 그리스도의 가르침에 적혀있으며 그들에게 가장 필요한 생활의 율법을 인간들이 깨우치지 못하도록 하기 위해서 정신적인 삶의 법칙은 알 수 없는 것이며, 그리스도의 가르침을 포함한 모든 종교적 가르침이 왜곡과 미신적인 면이 있으므로 어떻게 살아가야 하는가에 대해 깨우치는 것은 선조들이 얼마나 그릇된 생활을 해왔는가에 관해 연구하는 사회학이라고 불리는 학문을 통해서 가능하다고 바람을 넣었습니다. 그래서 그들은 그리스도의 가르침에 따라서 좋은 인생을 살고자 노력하기보다는 선조들의 생활을 연구하고 그 연구를 통해서 생활에 대한 일반적인 법칙을 끌어내며, 잘 살기 위해서는 자신의 생활 속에서 그들이 고안해 낸 법칙에 순응해야만 한다고 생각하는 것입니다.

또한 저는 그들을 좀더 확고히 허위에 잡아두기 위해서 교회에서의 가르침과 비슷한 어떤 것을, 즉 과학이라고 불리는 지식에 대한 몇몇의 계승성이 존재하며 이 과학의 주장이 교회의 주장처럼 완전히 옳다는 것을 주입시켰습니다. 그러면 과학의 실행자로 여겨지는 몇몇의 사람들은 자신이 완전히 옳다는 것을 확신하자마자 자연스럽게 불필요할 뿐만 아니라 종종 어리석기까지 한 이야기를 의심의 여지없는 진리로 선언하면서 한번 말해버린 그 말을 다시는 부정할 수 없게 되는 것입니다.

 이러한 근거로 저는 말씀드리고 있는 것입니다. 제가 그들을 위해서 고안해 낸 그 과학에 대한 존경과 굴종하는 마음을 그들에게 심어주는 동안은 우리들을 파멸시킬 뻔했던 그 가르침을 그들은 결코 깨달을 수 없을 것입니다."

 "오, 정말 훌륭해! 고마워해야 할 일이구나."

 마왕이 말했다. 그의 얼굴이 환하게 빛났다.

 "너희들은 충분히 상받을 만한 일을 해냈구나. 나는 너희들에게 기꺼이 상을 줄 것이다."

 "저희들은 아직 아무 말도 못했습니다. 저희도 할 말이 있습니다."

 나머지 작은 마귀, 큰 마귀, 다리가 휜 마귀, 뚱뚱한 마귀, 마른 마귀 등 여러 종류의 다른 마귀들이 저마다 한 마디씩 소리를 질렀다.

 "그래, 너희들은 무엇을 하고 있느냐?"

 "저는 기술 개선을 맡고 있습니다."

 "저는 분업을 맡고 있습니다요."

 "저는 교통을 담당하고 있습니다."

 "제 담당은 출판입니다."

 "저는 예술분야 전문입니다."

 "전 의술입니다."

"전 문화입니다."

"제 담당은 교육입니다요."

"저는 인간 교정을 맡고 있습니다."

"전 마약 담당입니다."

"제 담당분야는 자선입니다."

"저는 사회주의 쪽을 담당합니다."

"저는 여권 신장을 맡고 있습니다."

그들은 마왕의 코 앞으로 서로 밀치고 다가서며 한꺼번에 소리지르기 시작했다.

"순서대로 한 마디씩 간단히 말해 보아라!"

마왕이 소리쳤다.

"넌 무엇을 하느냐?"

마왕은 기술 개선 담당 마귀를 향해 말했다.

"저는 인간들에게 그들이 물건을 많이, 빨리 만들수록 그들의 생활이 더욱 윤택해질 것이라고 바람을 넣습니다. 그러면 인간들은 자신들에게 물건을 만들도록 강요한 사람들에게도 불필요하고 그것을 만드는 사람들이 손에 넣기도 어려운 물건의 생산을 위해 자신들의 생활을 희생하면서 더 많은 물건을 만들어냈습니다."

"좋아. 그럼 너는 무엇을 하느냐?"

마왕이 분업을 맡은 마귀 쪽으로 얼굴을 돌리며 말했다.

"저는 사람들에게 물건을 만들 때 사람보다는 기계를 쓰는 편이 훨씬 빠르므로 인간을 기계로 대체하는 것이 효율적이라고 부추깁니다. 그러면 일자리를 잃은 사람들은 자신들을 그렇게 만든 사람들을 증오하게 되는 것입니다."

"좋은 생각이구나! 그러면 넌?"

마왕은 교통 담당 마귀 쪽을 향해 물었다.

"저는 인간들에게 행복해지기 위해서는 되도록 빨리 이곳에서 저곳으로 옮겨 다닐 필요가 있다고 부추깁니다. 그러면 인간들은 각자 자기가 있는 곳에서 삶의 질을 향상시키기보다는 장소를 옮겨 다니는 것에 대부분의 시간을 낭비하고 더욱이 자신들이 한 시간에 50베르스타 이상으로 달릴 수 있다는 것에 대해 대단한 자랑거리로 여기고 있습니다."

마왕은 그것도 칭찬해 주었다.

서적 출판을 담당하는 마귀가 앞으로 나왔다. 그의 일이라고 하는 것은 이 세상에서 행해지고 쓰여지고 있는 추악하고 어리석은 것들을 가능한 한 많은 사람들에게 알려주는 것이라고 설명했다.

예술 담당 마귀는 인간 내에 상기된 감정의 고무와 위안의 형태로 가장한 매혹적인 모습으로 악을 표현하면서 악을 묵인하는 것이라고 설명했다.

의술을 맡고 있는 마귀는 인간들에게 자기 자신에게 있어 가장 필요한 건 자신의 육체를 돌보는 것이라고 부추긴다고 설명했다. 육체를 돌보는 것은 끝이 없기 때문에 의학의 도움을 받아서 자기

의 몸을 돌보는 사람들은 다른 사람의 생활에 대해서만 잊는 것이 아니라 자기의 생활조차도 잊어버린다는 것이다.

문화 담당 마귀는 기술 개선 담당, 분업 담당, 교통 담당, 출판 담당, 예술 담당, 의술 담당 마귀들이 관리하는 일들을 이용하면 이것을 이용하는 사람은 자신에게 충분히 만족하기 때문에 더 이상의 만족을 위해 노력하지 않는다고 설명했다.

교육 담당 마귀는 바르게 살지 못하고 바른 삶이 어떤 것인지 몰라도 아이들에게 바른 삶을 가르칠 수 있다고 사람들을 부추긴다고 말했다.

인간 교정을 맡고 있는 마귀는 사람들에게 자기가 비록 비도덕적인 사람이라고 해도 다른 사람들의 비윤리성을 교정해 줄 수 있다고 가르친다고 설명했다.

마약을 담당하는 마귀는 사람들에게 더욱 잘 살아 보려고 노력하지만, 바르지 못한 생활에서 오는 고통에서 벗어나려고 노력하는 것보다 술과 담배, 아편과 모르핀 같은 마약의 힘으로 그 고통을 잊는 것이 더욱 좋다고 가르친다고 말했다.

자선 담당 마귀는 사람들에게 물건을 약탈하여 약탈당한 자들에게 나누어주면 덕이 있는 사람이므로 행동을 개선할 필요는 없다고 부추겨 그들이 선의 세계에 다가설 수 없도록 하는 것이 자기가 맡은 일이라고 자랑스럽게 말했다.

사회주의를 담당하고 있는 마귀도 자만심에 가득한 어조로 인간의 생활을 위해 최상의 사회체제를 마련한다는 그럴 듯한 명분을 내세워 계층간의 불화를 조장하는 것이 자기가 맡은 일이라고 설명했다.

여권 신장을 담당하는 마귀 또한 잔뜩 폼을 잡고는 좀더 개선된 생활 체제를 위해 계층간의 불화 외에도 성별간의 반목을 조장하는 일이 자기가 맡은 일이라고 자랑했다.

"저는 안락함을 담당합니다."

"저는 유행을 맡고 있습니다."

다른 마귀들도 마왕에게 가까이 기어가며 저마다 떠들어대기 시작했다.

"너희들은 듣거라. 삶에 대한 가르침이 거짓이라면 우리들에게 해가 되었을 수도 있었던 모든 것이 우리에게 유익하게 된다는 것을 이해 못할 만큼 정말로 내가 늙고 어리석다고 생각하느냐?"

마왕은 이렇게 소리치더니 크게 소리내어 웃었다.

"이젠 그만하여라! 모두들 고맙다."

그는 날개를 한 번 쳐 올린 후 가볍게 일어섰다. 그러자 다른 마귀들이 마왕 주위를 둘러쌌다. 마귀들이 연결되어 있는 한쪽 끝에는 교회를 만들어 낸 어깨에 짧은 망토를 걸친 마귀가 있었고, 다른 한쪽에는 과학을 발명해 낸 긴 망토를 걸친 마귀가 있었는데, 이 두 마귀가 서로 손을 내밀어 잡자 하나의 원이 되었다.

그리고 모든 마귀들은 큰 소리로 웃고 날카로운 소리를 지르며 휘파람을 불고 꼬리를 흔들어 떨면서 마왕의 주위를 춤추며 돌기 시작했다. 마왕도 날개를 활짝 펼치고는 그것을 흔들면서 발을 높이 쳐들고 가운데서 춤을 추었다. 위쪽에서는 비명소리와 울음소리 그리고 신음소리와 이를 가는 소리가 뒤엉켜 들려 오고 있었다.

광인의 수기

  1883년 10월 20일 오늘 아침에 건강 진단을 받기 위해 나는 관청에 끌려갔다 왔다. 처음에 의사들은 엇갈린 견해를 보이며 서로 논쟁을 벌였지만 결국 내가 미치지 않았다는 결론을 내렸다. 그렇지만 나는 진찰을 받는 동안 말하지 않으려고 무척 노력했다. 정신병원으로 가게 될까봐 나는 두려웠다. 그곳에서는 내가 미친 짓을 하는 것을 가만히 보고만 있지 않을 터였기 때문이었다.

  의사들은 내가 발작하기 쉬운 기질을 가지고는 있으나 정신 상태는 정상인과 같다고 진단했다. 그리고 한 의사가 처방전을 써주면서 지시대로만 엄격히 따르면 증세가 많이 호전될 것이라고 말했다. 오, 그러나 너무나 괴로운 일이다. 그 고통에서 벗어나기 위해 무엇인들 해보지 않았겠는가?

광인의 수기 145

지금부터 내가 왜 그런 검사를 받게 되었는지, 어떻게 미치게 되었는지, 그리고 내가 미쳤다는 사실이 어떻게 밖으로 나타나게 되었는지 차분히 이야기하려고 한다.

서른 다섯 살 이전에는 나도 여느 사람들처럼 평범하게 살았으므로 아무도 내게 그러한 이상한 증상이 있다는 것을 눈치채지 못했다. 다만 아주 어렸을 때 열 살도 되기 전 지금과 비슷한 증세가 나타났던 적이 있었다. 그러나 지금처럼 심각한 발작은 아니었다. 어렸을 때는 지금과는 조금 다르게 나타났다.

기억하건대 내가 다섯 살인가 여섯 살쯤 되었을 때이다. 갈색 원피스를 입은 턱이 처지고 키가 큰 깡마른 유모 예프락시아가 내 옷을 벗기고 막 침대에 올려주려고 할 때였다.

"나 혼자 할 거야."

난 침대의 난간을 넘어가며 말했다.

"어서 누워, 페틴카. 저기 착한 미첸카는 저렇게 누워 있잖니." 유모가 고갯짓으로 동생을 가리키며 말했다.

나는 유모의 손을 잡고 침대로 뛰어들었다. 그리곤 그녀의 손을 놓고 담요 밑으로 들어가 누워 이불 밑에서 다리를 흔들었다. 기분이 더할 나위 없이 좋았다. 그리고 조용히 누워 생각했다. '난 유모를 사랑해. 유모는 나와 미첸카를 사랑하고 나도 미첸카를 사랑하지. 그리고 미첸카는 나와 유모를 사랑해. 또 타라스는 유모를 사랑하고 나는 타라스를 사랑하고 미첸카도 타라

스를 사랑해. 그리고 타라스는 나와 유모를 사랑하고 엄마는 나와 유모를 사랑하고 유모는 엄마와 나 그리고 아빠를 사랑해. 모든 사람이 서로를 사랑하니까 모두들 행복해.'

이런 생각에 몰두하고 있는데 느닷없이 가정부가 뛰어들어와 설탕단지가 보이지 않는다고 화를 내며 소리를 지르자 유모도 덩달아 성난 목소리로 소리를 지르며 자기는 건드리지 않았다고 대답했다. 갑자기 마음이 아프기 시작하더니 이해할 수 없는 싸늘한 불안함이 엄습해 왔다. 나는 이불 속으로 머리를 깊숙이 넣었지만 이

불 속에서도 두려움은 사라지지 않았다. 나는 언젠가 내 앞에서 매를 맞던 한 소년이 생각났다. 소년이 내지르던 비명 소리와 함께 소년을 때리고 있던 그 아이 아버지의 잔인한 얼굴이 떠올랐다.

"다시 이런 짓 할래? 안 할거지!"

그는 아이에게 그렇게 말하면서도 때리는 것을 멈추지 않았다.

"제발…… 다시는 안 그럴게요."

소년이 말했다.

"그럼, 물론 다시는 그러지 말아야지!"

그 아버지는 쉴새없이 계속 매질을 해댔다.

그날 나는 내게 무슨 일이 일어났는지 모르겠다. 나는 갑자기 울음을 터뜨렸고 오랫동안 아무도 나를 진정시키지 못했다. 아마도 그날의 눈물과 절망이 현재 내게 나타나고 있는 광기의 첫 징조였는지도 모르겠다. 내가 기억하고 있는 두 번째 광기가 찾아온 것은 아줌마가 그리스도에 대한 이야기를 해 주셨을 때였다. 그 이야기를 마치고 일어나 나가시려는 아줌마를 가지 못하도록 떼를 썼다.

"예수님에 대해 조금만 더 말해 주세요."

미첸카가 계속 조르자 아줌마는 이미 했던 이야기를 그대로 되풀이해서 들려주었다. 그녀는 사람들이 예수님을 어떻게 십자가에 매달았으며 어떻게 때렸고 어떤 멸시를 그에게 주었는지 이야기했으며 그럼에도 불구하고 예수님은 기도에 의지하며 자신을 핍박하는 사람들을 결코 원망하지 않았다고 말했다.

"그런데 아줌마, 사람들이 왜 예수님을 괴롭혔어요?"
"사람들이 사악하기 때문이지."
"하지만 예수님은 착한 분이셨잖아요."
"쉬, 이제 자거라. 9시가 되었구나. 시계종 치는 소리 들리지?"
"사람들이 왜 예수님을 때렸어요? 예수님은 사람들을 용서했잖아요. 그런데도 왜 예수님을 때린 거죠? 아줌마, 예수님이 많이 아프셨을까요?"
"자, 이제 그만. 나는 차나 마시러 가야겠다."
"어쩌면 거짓말인지도 몰라. 사람들이 예수님을 때리지 않았는지도 모르잖아요?"
"난 이제 가야겠다."
"안 돼, 아줌마! 가지 말아요!"
 난 소리를 질렀다. 다시 그 광기가 시작되었다. 나는 벽에다 머리를 들이받으면서 엉엉 울었다.

 이런 식으로 어렸을 때 발작이 시작되곤 했다. 그러나 성에 눈을 뜨기 시작한 열네 살 이후, 방탕한 생활이 시작되면서 광기가 사라지는 듯했다. 그때부터 나는 다른 아이들처럼 정상적으로 자랐다. 여느 아이들처럼 영양이 풍부한 기름진 음식으로 배를 채우고 아무런 육체 노동 없이 그저 상처받은 감정을 달래기 위해 온갖 유혹을 즐기면서 자란 내 또

래의 불량배들과 어울리면서 나는 비행을 배웠다. 그리고 비행을 즐기면서 시간을 보냈고 결국 이러한 비행은 또 다른 종류의 악행을 낳게 되었다. 나는 여자를 알게 되면서부터 쾌락을 좇아 여자들을 찾아다니기 시작했다. 서른 다섯 살이 될 때까지 내 삶은 그랬다. 그때만 해도 나는 매우 건강해 보였으며 광기에 대한 어떤 징조도 내게 보이지 않았다. 20년 간 걸어온 이러한 내 생활은 기억에 남아 있는 것이 거의 없다. 그래서인지 지금 기억해 낸다는 것이 그다지 쉬운 일은 아니다.

나와 비슷한 환경에서 살아가는 정신적으로 건강한 소년들처럼 나는 고등학교에 입학했고 대학에 진학하여 법학을 전공했다. 그리고 나서 잠시 관공서에서 근무하다가 현재의 아내를 만나서 결혼했다. 결혼한 다음엔 시골에 정착하여 아이들을 키우고 집안일을 돌보고 치안 판사직을 맡았었다. 결혼한 지 10년째 되던 해에 어린 시절 이후 처음으로 내게 광기가 찾아왔다.

아내와 나는 아내가 상속받은 재산과 일해서 저축한 돈을 합해서 사유지를 사기로 결정했다. 나는 재산 증식에 매우 관심이 많았으므로 어떻게 하면 다른 사람들보다 좀더 현명한 방법으로 재산을 불릴 수 있는가에 온통 신경을 쓰고 있었다.

나는 매각하려는 사유지가 있는 곳이면 어디든지 찾아 돌아다녔고 신문에 실린 광고도 빠트리지 않고 샅샅이 읽었다. 내가 찾는 사유지는 구입 후 구매비용을 충분히 건질 수 있는 공짜나 다름없는 그런 땅이었다. 그래서 나는 거래에 대해서는 거의 바보라고 할 수 있는 소유주의 땅을 찾아 다녔는데 때마침 찾은 듯했다.

펜사 지방에 커다란 삼림이 딸린 사유지를 매각하려고 한다는 것이었다. 이리저리 알아본 결과 땅의 소유주는 내가 찾던 바로 그런 사람이었고, 그의 토지는 구매비용을 충분히 보상받을 수 있을 만큼 가치가 있다는 것이었다.

나는 여행준비를 마치고 곧장 그곳으로 출발했다. 처음엔 기차로 여행하다가 마차로 갈아탔다. 여행은 매우 유쾌했으며 천성이 선량한 젊은 하인 세르게이도 나만큼이나 즐거운 듯했다. 새로운 환경과 접하면서 새로운 사람들을 만난다는 것은 내게 마냥 즐거운 일이었다. 갈 길이 200베르스타(미터법 시행전 러시아의 거리단위. 1베르스타=약 1km) 정도 남아 있었으므로 역에 들러 말만 갈아타고 계속 달리기로 했다. 그래서 우리는 밤에도 쉬지 않고 계속 여행을 감행했다. 때때로 졸음이 몰려와서 잠깐 졸고 있는데 갑자기 설명할 수 없는 어떤 공포에 사로잡혀 잠에서 벌떡 깼다. 그러한 경우 흔히 그렇듯이 놀라고 흥분된 상태로 깨어났기 때문에 다시는 잠들 수 없을 것 같았다.

'나는 왜, 어디로 가고 있는 것일까?'

문득 그런 생각이 들었다. 사유지를 헐값으로 구입한다는 생각이 바뀐 것은 아니었지만 이렇게 먼 곳까지 여행한다는 것이 쓸데없는 짓 같았으며 외지에 나와서 객사할 것 같은 느낌마저

들었다. 그러자 갑자기 두려움이 몰려왔다. 마침 세르게이가 깨어 있었으므로 그와 이야기를 나누면서 다소 마음을 안정시켜 보려고 했다.

나는 주변지역에 관해 이야기하면서 먼저 말을 시작했다. 세르게이는 농담을 섞어가며 내 말에 대답했지만 정작 나는 재미가 없었다. 우리는 집안일에 관해서 그리고 어떻게 땅을 구입할 것인가에 관해 이야기를 했는데 쓸쓸한 내 마음과는 달리 그가 어찌나 명랑하게 대답하는지 마냥 즐거워하는 그의 모습이 신기하게까지 느껴졌다. 그래도 그와 이야기를 나누는 동안 마음이 조금 편안해졌다. 피곤이 몰려왔고 나는 쉬고 싶었다. 어디든 들어가서 사람들과 마주앉아 차를 한 잔 마시고 무엇보다 한잠 자고 나면 기분이 좋아질 듯싶었다.

알자마스 시가 가까워지고 있었다.

"여기서 잠시 쉬었다가 가는 게 어떨까?"

"그거 좋지요."

"알자마스 시까지 아직 멀었나?"

"7베르스타 정도 남았습니다요."

마부는 조용하고 착실한 남자였다. 그는 천천히 마차를 몰고 있었고 나는 입을 다물었다. 앞으로 쉴 것을 생각하니 정말로 기분이 좀 나아지고 있었다. 어둠 속을 달리고 또 달렸으며 너무도 길게 느껴지는 시간이었다.

　드디어 알자마스 시에 도착했다. 모두가 깊이 잠든 시간이었다. 어둠 속에서 작은 집들이 희미하게 언뜻언뜻 보였다. 딸랑거리는 방울 소리와 말발굽 소리가 들려왔고 크고 하얀 저택이 눈에 들어왔지만 기분이 좋아질 리 없었다. 단지 숙소에서 따뜻한 차를 마시고 누워서 편히 쉬고 싶은 마음뿐이었다. 마침내 팻말이 붙은 작은 숙소를 발견했다. 흰색 칠이 된 그 집은 어찌나 침울하게 보였던지 소름이 끼칠 정도였다.

　나는 마차에서 조심스럽게 내렸다. 세르게이는 계단을 쿵쿵거리고 뛰어다니며 필요한 짐들을 민첩하게 옮겨 놓고 있었다. 그의 왔다갔다하는 발자국 소리가 마음을 울적하게 만들었다.

나는 집안으로 들어갔다. 뺨에 흉한 사마귀가 있는 한 남자가 잠이 덜 깬 얼굴로 복도를 나와 우리를 맞이했다. 그는 음침해 보이는 방으로 우리를 안내했다. 방으로 들어가자 기분이 더욱 엉망이 되었다.

"다른 방은 없습니까? 쉬었으면 좋겠는데."

"물론 있고 말고요. 최고로 좋은 방이 있지요."

그가 안내한 방은 깨끗하게 하얀 칠이 된 사각형의 방이었는데 지금 생각해 보면 사각형이라는 것 때문에 내 신경이 매우 불안해졌었다. 그 방엔 붉은 커튼이 쳐진 창문이 하나 있었고, 자작나무로 만든 테이블과 구부러진 팔걸이가 달린 소파가 있었다.

우리는 방으로 들어갔다. 세르게이는 사모바르(차를 끓이는 러시아 전통 주전자)에 차를 끓여 잔에 따랐다. 나는 베개를 베고 소파에 누웠지만 도무지 잠이 오지 않았다. 세르게이가 차를 마시라고 부르는 소리가 들렸다.

나는 일어나서 잠을 쫓는 것이 싫었으며 이 방에 앉아 있는 것이 두려웠다. 그래서 일어나지 않고 잠을 청하기로 했다. 내가 잠에서 깨었을 때 주변엔 아무도 없었고 방은 캄캄했다. 다시 마차를 타고 올 때 느꼈던 그 불안이 찾아왔다.

'내가 왜 여기에 있는 거지? 어디로 가고 있는 거야? 나는 무엇으로부터 그리고 어디로 도망가고 있는 것일까? 나를 괴롭히는 이 모든 끔찍한 것으로부터 왜 도망칠 수 없는 것일까? 나는 항상 나인데……. 펜사도 그 어떤 사유지도 내게 아무것도 보태주거나 빼앗아갈 수는 없다. 나는 내 자신이 지겹고 진저리가 나서 견딜 수가 없다. 자고 싶다. 모든 걸 잊었으면 좋겠는데 잊혀지지 않는다. 내 자신으로부터 도망칠 수가 없다.'

복도로 나갔다. 세르게이는 작은 벤치에 누워 손을 옆으로 늘어뜨린 채 맛있게 자고 있었다. 뺨에 사마귀가 있는 사내 역시 잠들어 있었다. 나를 괴롭히고 있는 것으로부터 도망칠 수 있으리라 생각하고 복도로 나왔는데 불안은 점점 커져만 갔다.

'이게 무슨 바보 같은 짓이지? 무엇 때문에 이렇게 우울해야 한단 말야? 무엇을 두려워하는 거지?' 나는 스스로에게 말했다. 그때 나는 나를 부르는 죽음의 소리를 들었다. 온몸에 소름이 끼쳤다. 죽음이다! 죽음이 올 것이다. 그러나 죽음이 닥쳐서는 안 된다.

실제로 죽음과 마주쳤다 해도 확실히 그때와 같은 두려움을 경험하지는 못했을 것이다. 이제는 죽음이 두렵지 않지만 죽음이 다가오는 것을 직접 보고 피부로 느낀 듯했으며 그와 동시에 죽음에 대한 강한 거부감이 느껴졌다. 물론 죽음이 불가피하다는 것은 알고 있었지만 살아야만 한다는 욕구가 내면에서 솟구쳐 올랐다. 이러한 내면의 갈등은 견딜 수 없는 두려움을 동반했다. 두려움을 떨쳐버리려고 애썼다. 타다 남은 양초가 꽂혀 있는 청동촛대를 발견하고 그곳에 불을 붙였다. 촛불은 나지막한 촛대와 비슷한 높이로 붉은 불꽃을 피우며 타올랐다.

'산다는 것은 결국 죽음뿐이야. 그렇지만 죽음이 찾아와선 안 돼.' 나는 구입하려고 하는 사유지와 아내에 대한 생각을 하며 관심을 다른 데로 돌려보려고 애썼다. 그러나 이러한 시도도 무의미하기만 했다. 내 삶이 점점 사라져가고 있다는 두려움 때문에 그 어떤 다른 생각도 할 수 없었다. 자야만 한다. 나는 누웠다. 그러나 눕자마자 두려움에 사로잡혀 바로 벌떡 일어나고 말았다. 삶과 죽음이 한데 엉키면서 알 수 없는 어떤 것에 의해 내 영혼이 갈기갈기 찢겨져 나가는 것 같았다.

다시 복도로 나갔다. 이미 깊이 잠들어 있는 두 사람을 바라보니 잠을 청해봐야겠다는 생각이 들었다. 그러나 여전히 때론 빨갛고, 때론 하얗게, 그리고 때로는 네모난 공포가 방 주위를 감싸고 돌았다. 완전히 찢겨져 나가기 직전의 그 팽팽한 긴장감이 내면에 흘렀다. 조금의 선함도 온데 간데 없고 괴로움과 악의만이 가슴에 가득했다. 자신에 대한 그리고 내 존재에 대한 냉정한 증오심뿐이었다.

'무엇이 나를 만들었을까? 하느님? 하느님이라고들 하지.' 문득 기도가 생각났다. 지난 20년 동안 어떤 믿음도 가지고 있지 않았고 물론 기도도 하지 않았다. 다만 의례적으로 매년 금식을 했을 뿐이었다.

나는 기도하기 시작했다. '하느님, 저를 불쌍히 여기소서. 성부시여, 성모시여.' 나는 새로운 기도문을 만들어 내기까지 하며 생각나는 모든 기도문을 동원하여 기도했다. 그리고 땅에 닿도록 엎드려 절을 하곤 성호를 그었다. 그러면서도 다른 사람들이 쳐다볼까봐 계속 주위를 살펴야 했다. 기도가 공포로부터 나를 구해주는 듯 했지만 누군가에게 들키지 않을까 하는 새로운 두려움을 가져왔던 것이다.

나는 다시 침대로 갔다. 그러나 눈을 감는 순간, 또다시 같은 두려움으로 벌떡 일어났다. 더 이상 참을 수가 없었다. 종업원과 세르게이를 깨워 길 떠날 준비를 시킨 후 서둘러 그곳을 떠났다. 밖의 신선한 공기와 마차길이 기분을 한결 좋게 해주었다. 그러나 어떤 새로운 것이 내 영혼 속에 내려와 그 전의 모든 삶을 송두리째 엉망으로 휘저어 놓은 것을 깨달을 수 있었다. 온종일 절망감과 싸워 이겨냈지만 마음 속엔 두려움에 대한 앙금이 남아 있었다. 한동안 그 일을 잊을 수 있을런지 모르지만 마음 한구석에 남아 있는 그 불행은 늘 나를 위협하고 있었다.

저녁 무렵, 우리는 목적지에 도착했다. 사유지의 주인 노인은 우리를 친절하게 맞이하면서도 사유지를 팔아야 한다는 사실이 몹시 섭섭했는지 기뻐하는 기색은 없었다. 노인장이 안내한 방은 깨끗한 작은 방이었는데 그곳엔 부드러운 가구들이 정연하게 놓여 있었고 잘 닦아 놓은 새 사모바르, 커다란 쟁반, 그리고 꿀을 담는 종지가 테이블을 차지하고 있었다.

모든 것이 순조로워 보였다. 그런데 마치 오래 전에 배워서 거의 기억이 나지 않는 어떤 것을 기억해 내려고 애쓰는 노인처럼 내가 사유지에 대해 먼저 말을 꺼낸 탓에 분위기가 갑자기 서먹서먹해져 버렸다. 그날 밤은 별 탈 없이 잠들 수 있었다. 자기 전에 기도를 한 때문일 거라고 나름대로 생각했다. 그 일이 있은 후 나는 평범한 일상 생활로 되돌아갔다. 그러나 언제 고개를 들지 모르는 두려움에 대한 공포를 완전히 떨쳐버릴 수는 없었다. 그래서 전혀 쉴 틈을 갖지 않고 그저 습관적으로 반복 학습하는 학생처럼 알자마스에서 나타났던 그 끔찍한 우울증에 빠져들지 않기 위한 생활을 해야만 했다.

그 사유지는 구입하지 못하고 집으로 돌아왔다. 자금이 부족했기 때문이었다. 집에서의 생활은 기도하고 교회에 다니는 것을 제외하면 전과 다름없는 듯했다. 그러나 지금 생각해 보면 전과 같을 수는 없었다. 이미 놓여진 궤도 위를 전과 같은 속도로 달리고 있을 뿐이었다. 새로운 일은 어떤 것도 실행하지 않았다. 그러자 과거에 관심을 갖고 있었던 일들조차도 점점 생활에서 멀어져갔다. 생활이 단조로워지고 신앙에 깊이 마음을 쏟자 내 삶의 방식이 마땅치 않는지 아내가 잔소리를 늘어놓기 시작했다.

그러던 어느 날 우연히 모스크바에 가야 할 일이 생겼다. 오후에 여행준비를 마치고 저녁 즈음에 여행길에 올랐고 기찻간에서 하르코프 출신의 어느 지주와 대화를 나누게 되었다. 우리는 사유지의 관리에 대해서, 은행업무에 대해서, 숙소를 어디에 둘 것인가에 대해서, 그리고 극장에 대해서 이야기를 나누었다. 미야스니스카야

거리에 있는 모스크바 여관에 여정을 함께 풀고 저녁에는 오페라 '파우스트'를 보러 가기로 했다.

여관에 도착하자 나는 작은 방으로 안내되었는데 복도에서 풍겨 나오는 퀴퀴한 냄새가 코를 찔렀다. 숙소 안내인은 내 여행가방을 방으로 옮겨다 주었고 하녀는 촛불을 밝혀주었다. 촛불의 불꽃은 보통 그렇듯이 밝게 타오르다가 잠시 꺼질 듯하곤 되살아나 다시 깜박거렸고, 옆방으로부터 누군가의 기침 소리가 들렸는데 아마도 노인인 듯싶었다. 하녀가 나가자 안내인은 가방을 정리할 것인지 내게 물어왔다. 그 동안에도 촛불은 타올라 노란 줄이 쳐진 푸른색 벽지 위에, 칸막이 벽 위에, 칠이 벗겨진 테이블 위에, 그 앞의 작은 소파 위에, 벽에 걸린 거울 위에, 그리고 창문 위에 비추고 있었다.

그러자 갑자기 알자마스에서 겪었던 그 공포가 다시 엄습해 왔다. '하느님 맙소사! 어떻게 여기서 밤을 보낸단 말인가?'

"내 가방 좀 풀어 주겠소?"

나는 안내인을 좀더 방안에 잡아두기 위해 이렇게 말했다. 그리곤 지금 당장 옷을 갈아입고 극장에 가야겠다고 생각했다. 안내인이 가방 정리를 끝내자 그에게 일렀다.

"나와 함께 온 8호실 신사에게 가서 준비가 곧 끝날 테니 금방 간다고 전해주시오."

안내인이 나가자 벽 쪽을 쳐다보지 않으려고 애쓰면서 서둘러 옷을 입었다. '이 얼마나 부끄러운 일인가? 왜 나는 어린아이처럼 무서워하고 있는 거지? 그래, 유령 따위는 하나도 무섭지 않아 차라리 유령을 두려워하는 것이 더 낫겠다. 그럼 대체 뭐가 문제야? 괜찮겠지……. 어리석은 짓이야.' 나는 거칠거칠하고 빳빳하게 풀 먹인 차가운 감촉의 셔츠를 입고 단추를 잠근 다음 야외복에 새 장화를 신고 하르코프의 지주에게로 갔다. 그는 이미 준비를 끝내고 있었다.

우리는 파우스트를 보기 위해 극장으로 출발했다. 도중에 그는 머리와 수염을 곱슬곱슬하게 손질하기 위해서 이발소에 들렀다. 그동안 나는 프랑스인 이발사와 잡담을 나누며 머리를 잘랐고 장갑도 한 켤레 샀다. 모든 것이 잘 되어 가는 듯했다. 적어도 좁고 긴 호텔 방과 칸막이 벽에 대해선 잊어버린 듯했고 극장에서는 더할 나위 없이 좋았다.

공연이 끝나자 저녁식사를 함께 하자고 하르코프 지주가 제안했다. 이러한 것은 내게 익숙한 일이 아니었지만 호텔 방을 떠올리자 그의 제안을 받아들일 수밖에 없었다. 우리는 한 시가 넘어서 집으로 돌아왔다. 내겐 드문 일이지만 포도주를 두 잔이나 마셨는데도 마음이 무척 편했다. 그러나 램프가 비치고 있는 복도를 들어서는 순간, 호텔 특유의 냄새가 코끝을 스치면서 섬뜩한 느낌이 등줄기를 타고 내렸다. 아무것도 할 수가 없었다. 동행인과 인사를 나누고 헤어져 내 방으로 들어갔다.

그날 밤 나는 알자마스에서 보낸 밤보다 훨씬 끔찍한 밤을 소파에 앉아서 꼬박 지새웠다. 아침녘 옆방 노인의 간헐적인 기침 소리를 들은 후 온밤을 시달렸던 그 소파 위에서 그대로 잠들었다. 내 영혼과 육체가 또다시 찢겨져 나가고 있었다. '나는 지금 살아 있으며, 전에도 살았고 앞으로도 살아갈 것이다. 그런데 어느 한순간 죽음이 찾아와 우리가 일궈 놓은 모든 것을 앗아간다면 우리는 왜 살아가고 있는 것인가? 왜 죽지 않는가? 자살해야 한다는 것인가? 두렵다. 언제 닥칠지도 모르는 죽음을 기다리는 것이 더 두렵다. 그래도 살아야 하는데…… 죽기 위해 살아간다는 말인가?' 나는 의문을 멈출 수가 없었다.

책을 읽었다. 독서하는 동안 이러한 의문의 숲에서 잠시 빠져나온 듯했다. 그러나 곧 똑같은 의문과 똑같은 두려움이 몰려왔다. 침대에 누웠지만 의문은 더욱 커져만 갔다. '하느님께서 이 모든 것을 만들어 내셨다. 왜? 묻지 말고 기도하라고들 말한다. 그래, 기도를 하자. 알자마스에서 했던 것처럼 기도를 하자.' 그때는 어린 아이처럼 순수하게 기도할 수 있었다. 그러나 지금의 기도는 명확한 의미를 담고 있었다. '만일 당신께서 존재한다면 길을 열어주소서. 왜 나는 이렇습니까?' 허리를 굽히고는 알고 있는 기도문 그리고 만들어낼 수 있는 기도문은 모두 만들어 외우면서 이렇게 덧붙였다.

"길을 열어주소서!"

나는 조용히 대답을 기다렸다. 그러나 아무런 대답도 없었다. 마치 대답해야만 하는 존재조차 없는 듯했다. 나는 완전히 혼자였다. 그래서 대답 없으신 하느님을 대신하여 나 스스로 질문에 대답했다.

"미래를 살기 위함이지."

그렇다면 왜 이런 불확실성과 고통이 있는 것인가? 하는 의문이 뒤따랐다. 미래를 믿을 수가 없었다. 온 마음으로 성심을 다하지 않고 질문을 던졌을 때는 믿고 있었지만 지금은 아니었다. '지금은 전혀 믿을 수 없다. 믿을 수가 없다! 만일 당신이 존재한다면 나에게, 모든 인간에게 해답을 주셨을 텐데. 그러나 만일 존재하지 않는다면 남는 것은 오직 절망뿐입니다. 오, 나는 받아들일 수 없다.'

혼란스러웠다. 길을 알려달라고, 하느님의 모습을 보여달라고 기도로 애원했다. 누구나 그렇듯이 나 또한 할 수 있는 모든 기도와 애원을 해보았지만 하느님은 끝내 모습을 나타내지 않았다. '구하라, 그러면 주어질 것이다.' 이 말을 기억하며 간청하기 시작했다. 그러나 어떠한 위안도 받지 못했다. 어쩌면 나는 간청을 드리는 것이 아니라 오히려 하느님을 부정하고 있는지도 모른다는 의구심이 생겼다. '당신이 하느님으로부터 한 걸음 물러서면, 하느님은 당신으로부터 더욱 멀어지신다.'는 말이 생각났다. 하느님을 믿지는 않았지만 나는 간청하지 않을 수가 없었다. 결국 하느님은 내게 아무것도 보여주시지 않았다. 나는 하느님과의 관계를 청산하며 그를 원망했다. 단지 하느님을 믿지 않았다.

다음 날 나는 그 호텔에서 하루도 더 머무르고 싶지 않았으므로 가능한 한 빨리 일을 마치고 그곳을 떠나려고 했다. 결국은 일을 완전히 마무리 짓지 못하고 저녁 무렵에 집으로 돌아왔다. 모스크바에서의 그날 밤은 이미 알자마스의 밤 이후 변화된 내 인생에 더욱 큰 변화를 가져다 주었다. 나는 주변에서 일어나고 있는 일들에 대해 점점 더 심각하게 권태로움을 느꼈다. 건강도 나빠졌고 아내는 병원에 가서 진찰을 받아보라고 성화였다. 아내의 말에 의하면, 하느님과 종교에 대한 그리움에서 내 병이 시작되었다는 것이었다.

나는 바로 그 종교와 하느님에 대한 풀 수 없는 의문 때문에 건강이 나빠지고 있다는 사실을 잘 알고 있었다. 이런 의문에 내 마음을 빼앗기지 않는 것이 중요했다. 그래서 일요일과 축제일에 교회에 다니는 것을 제외하고는 예전의 생활 습관대로 바쁘게 살았다. 펜사로의 여행 이후 그만두었던 금식도 다시 시작했고 습관적이긴 했지만 기도도 그치지 않았다. 반면 약속어음도 찢어버리지 않고 모아 두었으며, 지불받을 수 없다는 것을 알면서도 항상 어음 미불금을 챙겨두었다. 물론 혹시나 하는 마음에서였다. 토지를 관리하는 일보다는 신문과 잡지, 소설을 읽는다거나, 조그만 내기를 걸고 카드놀이를 하면서 하루를 보냈다.

유일한 활력의 분출구는 일상적인 사냥이었다. 나는 평생 습관대로 사냥을 했다. 한 번은 어느 겨울날, 이웃 남자가 늑대사냥을 가자고 하며 개를 데리고 왔다. 우리는 스키를 타고 사냥터로 나갔는데 사냥은 그다지 성공적이지 못했다. 늑대들이 포위를 뚫고 빠져나갔기 때문이었다.

나는 숲을 따라서 토끼의 자취를 따라갔다. 가다보니 들판까지

너무 멀리 나가게 되었는데 그곳에서 토끼를 발견할 수 있었다. 그러나 토끼는 미처 총을 쏘기도 전에 사라져 버렸고, 왔던 길을 되돌아가려고 뒤를 돌아보니 온통 눈에 덮인 거대한 나무숲이 앞을 가로막고 있었다. 눈이 깊이 쌓여 있었으므로 걸을 때마다 스키가 계속 눈 속에 푹푹 빠져서 허우적거려야만 했다. 숲 속 어딘가로 점점 깊이 들어가고 있었고 낯익은 장소까지도 눈 때문에 모습이 바뀌어 어디가 어딘지 분간할 수 없었다. 길을 잃었다는 것을 문득 깨달았다. 어떻게 동행인을 찾아 집으로 돌아갈 수 있을지 막막하기만 했다.

아무런 소리도 들리지 않았다. 나는 이미 지쳐 땀에 흠뻑 젖어 있었다. 이대로 멈추면 얼어죽을 것이었고 그렇다고 계속 걷는다면 기운이 다 빠져버릴 터였다. 소리를 질렀지만 사방은 쥐죽은 듯이 고요하기만 하고 아무런 대답도 없었다. 뒤로 다시 돌아갔다. 역시 어디를 둘러봐도 나무 외엔 아무것도 보이지 않았다. 방향감각을 완전히 상실해 버린 듯했다. 또 다시 되돌아섰지만 겁에 질려 그 자리에서 한 발자국도 더 움직일 수가 없었다.

알자마스와 모스크바에서 겪었던 그 공포가 백 배는 더 큰 힘으로 나를 사로잡았다. 심장 박동이 빨라지고 손과 발이 떨리기 시작했다. '결국 여기서 죽는구나. 아니 그럴 수는 없어! 왜 죽어야 하는데? 죽음이 대체 뭐야? 의문이 고개를 들면서 하느님을 원망했다. 그때 문득 그를 거부하고 원망해서는 안 된다는 것을 느꼈다. 주께서는 필요한 것을 모두 말씀하셨고 잘못은 전부 내게 있었다. 그래서 하느님께 용서를 빌기 시작했다.

내 자신이 혐오스러웠다. 한순간을 그렇게 서 있다가 한 방향을 정하고 그쪽으로 나갔는데 곧 그 숲에서 빠져 나오게 되었다. 나는 숲 가장자리로 거의 다 온 상태에서 길을 잃었던 것이다. 큰길로 나왔을 때도 손과 발은 여전히 떨렸고 심장은 격렬하게 뛰고 있었다. 그러나 영혼은 기쁨으로 충만했다. 나는 곧 동행인들을 만날 수 있었고 우리는 모두 함께 집으로 돌아왔다.

나는 즐거웠다. 이제는 혼자 있어도 무섭지 않을 자신이 있었다.

서재로 들어와 혼자가 되자 내 죄를 생각하고 용서를 구하면서 기도를 했다. 그 죄가 무엇이었나를 생각하니 내 자신이 너무도 가증스러웠다.

그 후 나는 성서를 읽기 시작했다. 복음서는 내게 어려운 책이었지만 그 온유함에 마음이 끌렸다. 그러나 가장 즐겨 읽은 책은 성자들의 생애였다. 그 이야기들은 내게 위안을 주었고 보다 쉽게 본받을 수 있는 귀감이 되었다. 그때부터 가정과 사업에는 더욱 관심이 줄었다. 이제는 그러한 일들에 신경을 쓴다는 것이 불쾌하게까지 여겨졌다.

모든 것이 잘못된 것처럼 보였다. 무엇이 잘못된 것인지는 확실히 알 수 없었으나 내가 일상적으로 살았던 모든 것이 전혀 생소하게 느껴졌다. 이러한 것은 이웃 마을의 사유지를 구입하려고 했을 때보다 분명하게 드러났다. 그 사유지는 우리 집에서 멀지 않은 거리에 있었고 더욱이 무척 유리한 조건으로 매각하고 있었다. 모든 조건이 너무나 만족스러웠으므로 나는 서둘러 이웃 마을로 갔다.

농부의 땅은 전부 밭이었다. 농부들은 지주의 목초지를 사용할 수 있는 권리를 얻는 대가로 지주의 농사를 돌봐주었다. 옛 습관대로 나는 이러한 거래가 매우 만족스러웠다. 흡족한 기분이 되어 집으로 돌아오는 길이었다.

길을 물어보기 위해 한 노인과 자연스럽게 이야기를 나누게 되었는데, 노인은 자신이 얼마나 가난하게 살아가고 있는지 말해 주었다. 그리고 집으로 돌아와서 아내에게 그 사유지가 얼마나 많은 이익을 가져다 줄 수 있는지에 대해 설명하다가 갑자기 몰려드는 수치심과 혐오감 때문에 얼굴을 들 수 없게 된 것이다. 그 사유지에서 얻어지는 이익은 결국 농민의 고통과 가난에 의한 것이라는 사실에 생각이 미치자, 나는 아내에게 그 땅을 살 수 없다고 말했다.

그 순간 내가 말하고 있는 것의 진실은 나를 깨닫게 해주었다. 중요한 사실은 농민들도 우리와 마찬가지로 살고자 하는 욕망을 가지고 있으며 우리와 평등한 존재이고 복음서에 적혀 있는 대로 우리의 형제이며 하느님의 아들이라는 것이었다. 그러자 갑자기 오랫동안 마음을 괴롭혀 온 어떤 응어리가 떨어져 나가고 새로운 어떤 것이 태어나고 있는 것 같았다. 아내는 신경질을 내면서 투덜댔지만 나는 마음 가득 행복을 느꼈다.

이것이 내 정신이상의 시작이었다. 그리고 완전한 정신이상은 약 한달 후 교회에 다니면서부터 나타났다. 나는 미사에 참석하면서 어느 정도 마음의 안정을 찾아가고 있었다. 그러던 어느 날 교회에서 갑자기 사람들이 내게 영성체 받은 빵조각을 가져온 후 십자가상에 기도하더니 서로를 밀쳐대는 것이었다. 출구엔 걸인들이 모여 있었다.

그때 불현듯 걸인이 존재해서는 안 된다는

생각이 선명히 머리에 새겨졌다. 가난이 없다면 죽음이나 공포도 없을 것이고 그렇게 되면 예전과 같은 마음의 쓰라림은 더 이상 없을 테니 결국 어떤 것도 두렵지 않을 터였다. 바로 그 순간, 어떤 빛줄기가 온 몸과 마음을 환하게 비추었고 나는 가지고 있던 36루블 전부를 현관에 서 있는 걸인들에게 나누어 주었다. 그리고 농민들과 더불어 이야기를 나누면서 걸어서 집으로 돌아왔다.

프랑수아즈

I

　1882년 3월 3일 범선 '바람의 신'은 아브르 항을 떠나 중국해로 출항했다. 배는 중국에 도착하자 싣고 온 화물을 내려놓고 그곳에 쌓여 있던 화물을 선적한 다음 부에노스아이레스로 출발했다. 그리고 오랜 항해 끝에 다시 부에노스아이레스에 도착하여 그곳에 물건을 내려놓은 다음 항구에 쌓여 있던 다른 화물을 실은 후 다시 브라질로 향했다.

　항해는 쉽지 않았다. 항해 도중 발생하는 일들 즉 배의 파손, 수리, 정박으로 몇 달씩 시간을 보냈고 때론 심한 바람 때문에 예정된 항로에서 너무 멀리 벗어나는 바람에 많은 시간을 허비하기도 했다. 바다에서 겪은 불운한 사고와 모험은 4년 간 낯선 바다를 떠돌게 만들었고 결국 1886년 3월 8일 미제 통조림이 들어 있는 양철 상자를 싣고 겨우 마르세유에 도착했다.

아브르 항을 떠날 때 배에는 선장과 그의 조수 그리고 14명의 선원이 있었다. 그러나 오랜 여행 도중에 한 명의 선원이 죽었고 온갖 시련을 겪으면서 4명의 선원이 자취를 감추어 버렸으므로 프랑스로 돌아왔을 때는 겨우 9명만이 남아 있었다. 그리고 배를 이탈한 선원들을 대신하여 싱가포르의 한 선술집에서 우연히 만난 두 명의 미국인과 한 명의 흑인 그리고 한 명의 스웨덴 사람을 고용했다.

항구에 도착하자 배의 돛을 접고 돛대에 열십자로 밧줄을 묶었다. 그러자 예인선이 뱃전에 접근하여 힘겹게 배를 부두로 끌었다. 바다는 고요했고 해변에는 잔물결만이 조금씩 일렁이고 있었다. 배가 입항한 자리엔 크기, 형태가 다른 다양한 나라에서 들어 온 크고 작은 배들이 해변을 따라 옆으로 나란히 정박해 있었다. '바람의 신'도 이탈리아 브리그와 영국 갈레타 사이로 밀치고 들어갔다. 선장은 항구 관리인들과의 세관 문제가 정리되자마자 선원들의 반을 해안으로 외박을 내보냈다.

포근한 여름밤이었다. 마르세유의 밤거리는 불빛 속에 휘청거렸다. 주방에서 흘러나오는 음식 냄새는 육지 음식에 굶주린 선원들의 배를 자극했고 사방에서 들려오는 이야기 소리, 마차 소리, 남녀의 유쾌한 웃음소리는 배에서의 오랜 생활로 거칠어진 선원들의 귀를 즐겁게 만들었다. '바람의 신'에서 내린 선원들은 거의 4개월 동안 육지를 밟아보지 못했으므로 배에서 내리자 이방인들처럼 두 명씩 짝을 지어 도시를 배회하기 시작했다. 마치 먹을 것을 찾아 헤매는 들개처럼 거리의 이곳저곳을 기웃거리고 돌아다녔다. 4개월간 여자라고는 구경도 못한 터라 뱃사람들은 성욕에 매우 굶주려 있었다. 그들 가운데에는 건장하고 젊은 셀레스틴 듀클로라는 사람이 있었다. 그는 선원들이 해안으로 내려올 때마다 늘 앞장서서 그들을 통솔했으며 더욱이 동료들이 쉴 만한 훌륭한 장소를 찾아내는 데 귀신이었다. 때때로 배에서 내린 선원들간에 싸움이 붙는 경우가 있는데 그럴 때도 그는 절대 싸움에 끼여드는 일이 없었다. 간혹 싸움에 끼어든다 해도 동료들을 보호하면서 자기 자신을 방어할 줄 아는 그런 사람이었다.

선원들은 창고와 지하실에서 새어나오는 퀴퀴한 냄새가 배어 있는 어스름한 거리를 한동안 배회하며 걸었다. 셀레스틴이 한 좁은 골목으로 접어들자 선원들도 콧노래를 부르며 그의 뒤를 따랐다. 문 위로 우두커니 고개를 내밀고 있는 등불은 지저분하고 음침한 거리를 비추고 있었고 불투명하게 색칠된 유리등엔 커다란 숫자들이 적혀 있었다. 낮은 지붕 아래 짚을 엮어 만든 의자에 앞치마 같은 얇은 홑옷을 입은 여자들이 요염하고 야한 자세로 앉아 있다가 선원들을 보자마자 길 한가운데로 뛰어나왔다. 그리고 길을 가로막고 서서는 자기들의 휴식처로 그들을 유혹했다.

그때 현관 저편에서 갑자기 문이 활짝 열리더니 초미니스커트에 천박하게 착 달라붙은 얇은 바지를 입고 금박 장식 끈이 달린 검정

색 비로드로 겨우 가슴만 가린 반나체의 여자가 얼굴을 내밀었다.

"헤이! 이봐요, 놀다가요." 여자가 멀리서 불러댔다. 때론 직접 길로 뛰어 나와선 선원에게 달라붙어 온 힘을 다해 문 쪽으로 사나이를 끌었다. 여자는 마치 거미가 자기보다 강한 파리를 잡아끄는 것처럼 남자에게 착 달라붙어 떨어지지 않았다. 성적 유혹에 약해질 때로 약해져 있는 사나이는 쉽사리 여자를 뿌리치지 못하고 있었고 나머지 사람들은 재미있다는 듯이 그들의 실랑이를 지켜보고 있었다.

그때 셀레스틴이 소리쳤다. "여기가 아니야. 좀더 가야돼." 젊은 사나이는 그의 목소리를 듣고 그녀를 간신히 떼어냈다. 선원들은 여자들의 욕설을 뒤로하고 걸었다. 술집에서 흘러나오는 소음 속에서 또 다른 여자들이 밖으로 뛰어나오면서 쉰 목소리로 자신의 몸을 자랑하며 손님을 부르고 있었다. 그들은 계속 걸었다. 멀리서 한 무리의 군인들이 그들을 향해 발맞추어 걸어오고 있었고 평민인지 관리인지 알 수 없는 한 사람이 익숙한 장소를 지나는 사람처럼 혼자 걸었다. 어느 골목이나 똑같은 한 가지 모양의 등불이 어스름한 거리를 비추고 있었다.

선원들은 여체로 술렁이는 술집들에서 밖으로 내던져진 오물이 이리저리 뒹굴며 악취를 품어내는 거리의 분뇨를 밟지 않으려 애쓰며 조심스럽게 걸었다. 그렇게 얼마 지나지 않아 듀클로는 다른 집보다는 약간 나은 듯한 어느 집 앞에 멈춰 서서 동료들을 그 집으로 안내했다.

II

 선원들은 술집 안으로 들어가 큰 홀에 앉았다. 그리고 밤을 함께 보낼 마음에 드는 아가씨들을 저마다 한 명씩 골랐다. 그것은 술집에서 일어나는 일상적인 풍경이었다. 그들은 세 개의 탁자를 붙여 놓고는 둘러앉아 여자들과 함께 술을 마시기 시작했다. 그리곤 어느 정도 취기가 오르자 각자 자기 여자들을 데리고 2층 방으로 올라갔다. 그들이 좁은 방문을 열고 침대 방으로 뿔뿔이 흩어지기까지 스무 개의 두꺼운 반장화 소리가 나무계단을 오르느라 오랫동안 쿵쿵거렸다. 그리고 다시 위에서 내려와 술을 마시곤 또다시 위로 올라가 각자 방으로 흩어졌다.
 음주와 색욕에 빠져 흥청망청 시간을 보낸 지 불과 4시간 만에 반년 간 고생한 노고의 대가가 몽땅 날아가 버렸다. 밤 11시가 가까워지자 그들은 이미 만취상태였다. 핏기가 서린 눈으로 자신도 모르는 소리를 지껄이며 횡설수설하고 있었고 아가씨를 무릎에 앉히고 노래하는 남자, 소리를 지르는 남자, 탁자를 두드리는 남자, 그리고 술을 들어붓는 남자도 있었다. 셀레스틴 듀클로도 동료들 사

이에 앉아 있었다. 그의 무릎에도 제법 덩치가 있는 통통한 아가씨가 볼이 불그스름하여 앉아 있었다. 그도 다른 동료들 못지 않게 술을 마셨지만 아직 만취상태는 아니었다. 그의 머리 속으로 어떤 생각들이 분주히 오갔지만 지나치게 감상적이 되어버려 파트너와 무슨 말을 해야 할지 찾지 못하고 있었다. 생각이 떠오르는가 싶으면 금방 사라져 버리는 것이었다. 도저히 무슨 말을 해야 할지 몰라 그는 어색하게 웃으면서 말했다.

"흠, 그래…… 그런데…… 여기 온 지는 오래됐나?"

"6개월 됐어요." 아가씨가 대답했다.

그는 알겠다는 듯이 고개를 끄덕였다.

"이런 생활이 괜찮나?"

그녀는 잠시 생각하다 대답했다.

"익숙해졌어요. 어떻게든 살아야 되니까요. 식모로 일하거나 세탁하는 일보단 여기가 훨씬 나아요."

그는 그녀의 말에 동의한다는 듯이 다시 고개를 끄덕였다.

"이곳 출신인가?"

그녀는 이곳 출신이 아니라는 듯 머리를 좌우로 흔들었다.

"멀리서 왔나?" 그녀는 끄덕였다.

"어디서?"

그녀는 잠시 생각한 다음 조용히 말했다.

"페르피앙에서 왔어요."

"그래, 그렇군." 그는 거의 알아들을 수 없는 작은 목소리로 말하곤 이내 입을 다물었다.

"선원이신가요?" 그녀가 물었다.

"응, 우리 모두 뱃사람이지."

"그럼 먼 곳도 가보셨겠네요."

"물론 가깝다고 말할 수야 없지. 지겹도록 돌아다녔으니."

"지구 한 바퀴는 도셨어요?"

"한 번뿐이라고 할 수 있나. 그 이상을 항해했지."

그녀는 어떤 것을 기억해 내려고 하는 사람처럼 무언가 골똘히 생각하고 있었다.

"많은 배들을 보셨겠군요?" 그녀가 말했다.

"그럼 말이라고 하나."

"혹시 '바람의 신'이라는 배도 만나 보셨나요? 그런 배가 있는데……."

그는 그녀의 입에서 자기의 배 이름이 나오자 놀라지 않을 수가 없었다. 그리고 문득 장난을 치고 싶어졌다.

"그럼 당연하지. 저번 주에 만났었는데."

"정말이에요?" 그녀의 얼굴이 창백해졌다.

"정말이지 않구."

"거짓말 아니죠?"

"맹세코 정말이야." 그는 신을 걸고 맹세했다.

"그럼 혹시 셀레스틴 듀클로라는 사람을 만나보신 적 있으세요?" 그녀가 물었다.

"셀레스틴 듀클로?" 그녀의 입에서 자기 이름이 나오자 그는 그녀가 어떻게 그의 이름을 알고 있는지 너무도 놀라고 희한했다.

"정말 그 사람 알아?" 그가 물었다.

갑자기 그녀의 얼굴에 당황하는 빛이 감돌았다.

"아니요, 내가 아니구요. 내가 아는 여자가 아는 사람이에요."

"어떤 여자인데? 여기에 있어?"

"아니요, 여기에서 가까운 곳에 있어요."

"가까운 곳 어디?"

"예, 저기 있어요."

"어떤 여자인데?"

"그냥 나 같은 여자지요, 뭐."

"왜 그 남자를 찾는 거야?"

"어떻게 알겠어요. 고향 사람일런지도 모르죠."

그들은 탐색하는 눈초리로 서로 바라보고 있었다.

"그 여자가 누군지 한 번 보고 싶은데?" 그가 말했다.

"왜요? 무슨 할말이 있어요?"

"할말이라……."

"무슨 말을 하려구요?"

"셀레스틴 듀클로를 봤다고 하지."

"정말 셀레스틴 듀클로를 보셨어요. 살아있어요? 건강해요?"

"건강하지."

그녀는 말을 멈추고 다시 깊은 생각에 잠겼다 조용히 물었다.

" '바람의 신' 은 지금 어디로 항해하고 있어요?"

"어디로? 마르세유지."

"어머 그거, 정말이에요?" 그녀의 목소리가 높아졌다.

"그럼."

"듀클로를 아시죠?"

"말했잖아, 안다구."

"아, 그렇군요. 좋아요." 그녀는 머리 속에서 어떤 생각을 정리하고 있는 사람처럼 한 마디씩 조용히 말을 이었다.

"그런데 너와 무슨 상관인데?"

"만약 그를 만나면, 전해주시겠어요? 아…… 아니, 됐어요."

"대체 뭐야?"

"아니, 아무것도 아니에요."

그녀를 바라보고 있는 그는 점점 더 불안해지기 시작했다.

"네가 알고 있는 사람이야?" 그가 물었다.

"아니, 몰라요."

"그럼 그를 왜 찾는데?"

그녀는 아무런 대답 없이 벌떡 일어나 주인 마담이 앉아 있는 사무용 책상 쪽으로 다가갔다. 그리고 레몬을 집어 들어 자른 후 컵에 주스와 물을 붓고 레몬 조각을 띄운 다음 그것을 셀레스틴에게 건넸다.

"자, 마시세요."

그렇게 말하곤 그녀는 다시 셀레스틴의 무릎에 앉았다.

"이건 왜?" 그는 그녀가 준 컵을 받으며 물었다.

"술기운이 좀 가시라구요. 말해 줄 테니까, 먼저 마시세요."

그는 마신 다음 소매 끝으로 입 주위를 닦았다.

"자, 이젠 말해 봐."

"지금부터 내가 하는 말 잘 들어요. 절대 날 봤다고 말하지 마세요. 그리고 내가 하는 얘기 절대 나한테 들었다고 해도 안 돼요."

"좋아, 말 안 하지."

"맹세하세요!"

그는 맹세했다.

"하느님 앞에 맹세하지."

"그를 만나면 전해주세요. 그의 아버지와 어머니가 돌아가셨어요. 그의 형도······. 정신없었어요. 한 달 만에 3명이 죽었으니."

셀레스틴은 모든 피가 심장으로 모이는 것 같았다. 무슨 말을 해야 할지 잠시 멍하니 앉아 있던 그가 입을 열었다.

"확실한 거야?"

"확실해요."

"네게 말해준 사람이 누군데?"

그녀는 그의 어깨에 자기 손을 올려놓고 그의 눈을 주시했다.

"아무에게도 말하지 않겠다고 맹세해요."

"그래, 신 앞에 맹세하지."

"내가 그의 여동생이에요."

"프랑수아즈!" 그는 소리질렀다.

찬찬히 그를 바라보던 그녀의 입술이 가늘게 떨리기 시작했다.

"그럼, 당신이 셀레스틴!"

그들은 얼어붙은 듯이 아무런 움직임 없이 서로의 눈을 쳐다보고 있었다.

술에 흥건히 취한 나머지 사람들이 내지르는 고함소리가 그들 사이에 흐르는 깊은 침묵을 깨고 있었다. 컵을 치는 둔탁한 소리, 손과 주먹으로 책상을 두드리는 소리, 그리고 귀청을 찢는 듯한 여자들의 날카로운 웃음소리가 사람들의 떠드는 소리와 한데 뒤엉켜 정신을 뺏고 있었다.

"어떻게 이럴 수 있어?" 그는 그녀가 겨우 알아들을 수 있을 만한 작은 목소리로 조용히 말을 꺼냈다.

그녀의 눈에는 가득 눈물이 고였다.

"그렇게 됐어."

그녀가 말했다. "한 달 사이에 세 명이 모두 죽어버렸으니. 내가 무엇을 할 수 있었겠어. 혼자 남았지. 약국으로, 병원으로, 장례식장으로…… 돈이 없으니 팔 수 있는 건 다 팔 수밖에. 그리고 기억나? 절름발이 카쇼……. 그 사람 집에 하녀로 들어갔어. 그때 내 나이 겨우 15살이었을 거야. 오빠가 떠났을 때 내가 14살이었으니까. 그런데 죄를 짓게 된 거야. 정말 한심한 일이었지. 그리고 다시 어떤 공증인의 집에 유모로 들어갔는데 그 남자와 또 다시…… 처음엔 용돈만 조금 받았는데 나중엔 길지는 않았지만, 아파트를 얻어서 살았어. 그러다가 그가 나를 버린 거야. 그렇게 3일 간 굶고 지냈는데 아무도 도와주는 사람이 없잖아. 그래서 결국 이곳으로 오게 됐어."

그녀는 울고 있었다. 볼을 따라 끊임없이 흘러내리는 눈물은 입으로 흘러 들어갔다.

"대체 우리가 무슨 짓을 한 거지?" 그가 중얼거렸다.

"나는 오빠도 죽은 줄 알았어. 이게 모두 나 때문이야." 그녀가 목이 메인 소리로 나지막이 말했다.

"어떻게 나를 못 알아 볼 수가 있어?" 그도 역시 속삭였다.

"나도 모르겠어. 난 잘못 없어." 그녀의 울음소리가 더욱 커졌다.

"내가 어떻게 널 알아보겠어? 내가 떠날 때 넌 꼬마였잖아. 넌 나를 알아볼 수도 있었을 텐데." 그녀는 절망감으로 손을 흔들었다.

"아, 아…… 내가 얼마나 많은 남자를 보는데. 그들 모두 내겐 같은 얼굴이라구."

그는 가슴에 짓눌리는 통증을 느꼈다. 소리 지르고 싶었다. 맞고 있는 아이들처럼 마구 소리치고 싶었다.

그는 일어서서 그녀를 옆으로 물리친 다음 그 뱃사람의 크고 억센 손으로 그녀의 얼굴을 잡고 주의 깊게 살펴보기 시작했다. 그리고 조금씩 어렸을 때 그가 남기고 떠난 여리고 밝은 소녀의 모습을 그녀에게서 찾아가고 있었다.

"그래, 맞아. 프랑수아즈! 내 동생!" 그는 알아들을 수 없는 작은 목소리로 말했다.

그리고 갑자기 술 취한 사람의 딸꾹질 같은 남자의 힘겨운 흐느낌이 그의 목구멍으로 치밀어 올랐다. 그는 그녀의 얼굴에서 손을 떼고 책상을 쳤다. 컵이 넘어져 바닥으로 떨어지며 산산조각 났다. 그는 울부짖었다.

동료들의 놀란 눈이 그에게 집중되었다.

"엄청 화났네." 한 사람이 말했다.

"소리지르라고 둬." 다른 사람이 말했다.

"뒤클로! 소리 그만 지르고 위층으로 한 번 더 올라가자고."

또 다른 동료가 한 손으론 셀레스틴의 소매를 잡아당기고 다른 손으론 실크 분홍색 속옷 하나만 걸치고 빨갛게 달아오른 얼굴에 검은 눈동자를 반짝이는 여자 친구를 껴안고 말했다.

셀레스틴은 갑자기 말을 멈추고 숨을 몰아쉬며 동료들을 주시했다. 그리곤 그가 싸움을 시작할 때 흔히 보이는 그런 이상하고 단호한 표정으로 흔들거리면서 여자를 안고 있는 동료에게 다가서더니 손으로 거칠게 밀치면서 그들 남녀 사이를 갈라놓았다.

"저리 비켜! 안 보여? 이 여자 네 동생이야! 누군가의 동생이잖아. 여기 프랑수아즈도 동생이지. 하! 하! 하……."

그것은 웃음이 아니었다. 그는 흐느끼고 있었다. 그는 손을 들어 얼굴을 바닥에 대고는 죽어 가는 사람처럼 발과 손으로 바닥을 두드리며 뒹굴기 시작했다.

"길로 내쫓기기 전에 재워야겠어." 동료 중의 한 명이 말했다.

그리고 그들은 셀레스틴을 부축하여 위층의 프랑수아즈 방으로 데려가 그녀의 침대에 그를 눕혔다.

어느 사냥꾼 이야기
모든 일에는 때가 있다

　어느 날 우리가 곰 사냥에 열중하고 있을 때였다. 한 동료가 곰을 향해 총을 쏘았는데 가벼운 상처를 입은 곰은 하얀 눈 위에 피를 남기고 도망쳐 버렸다.

　그래서 우리는 숲 속에 모여 계속 곰의 뒤를 추적할지 아니면 곰이 진정될 때까지 3일 간을 기다려 볼지 의논하기 시작했다.

　우리 일행들 가운데에는 경험이 풍부한 늙은 곰 사냥꾼이 있었는데 우리는 그에게 곰 주위를 돌아다녀도 위험하지 않을지를 물어보았다. 늙은 곰 사냥꾼은 반색을 하며 대답했다.

　"지금은 위험해. 곰이 안정을 찾게 될 때까지 한 5일쯤 기다려 보세나. 지금 가까이 가는 것은 곰을 더욱 놀라게 할 뿐이야."

　그러나 그곳에 우리와 함께 있던 한 젊은 곰 사냥꾼은 노인의 말

에 반박하며 당장 잡으러 가도 문제가 없다는 것이었다.
"이 정도의 눈에서라면 곰이라고 해도 멀리 도망가지는 못했을 겁니다. 더욱이 곰은 덩치가 크지 않습니까? 어디엔가 엎어져 있겠죠. 아니면 스키로 그 녀석을 따라잡을 수 있어요."
젊은 곰 사냥꾼이 자신만만하게 말했다.
그 일행 중에는 내 친구도 끼어 있었는데 당장 곰을 찾으러 나서는 것이 내키지 않았는지 좀더 기다려 보는 편이 좋겠다고 말했다.
"다투지 맙시다. 각자 편한 대로 하면 되지요. 난 데미안과 곰을 추적하겠습니다. 잡으면 좋고 못 잡아도 그만이지요. 어차피 지금은 할 일도 없고, 시간도 아직 이르니······."

그렇게 해서 곰 사냥이 다시 시작된 것이다.

동료들은 썰매를 타고 마을로 돌아갔고, 데미얀과 나는 빵을 챙겨 들고 숲에 그대로 남았다.

동료들이 떠난 후 데미얀과 나는 먼저 총을 점검하고 외투를 허리에 단단히 동여맨 뒤 곰이 남겨 놓은 흔적을 따라서 스키를 타고 걷기 시작했다.

더할 나위 없이 화창한 날씨였다. 주위는 온통 꽁꽁 얼어붙어 있었고 바늘 떨어지는 소리도 들릴 만큼 조용했다. 이미 전날부터 쌓인 눈이 솜처럼 수북이 덮여 있었으므로 스키를 타고 움직이는 것이 쉽지 않았다. 스키가 움직일 때마다 푹푹 빠졌다.

곰의 흔적이 멀리서 보였다. 곰이 어떻게 움직였는지 곳곳에 눈을 헤집고 지나간 흔적이 역력했다. 처음에 우리는 곰의 흔적이 보이는 대수림을 걸었고, 그 다음엔 흔적을 따라서 잔잔한 전나무 쪽으로 걸어갔다. 그때 데미얀이 발을 멈추고 서서 말했다.

"굳이 발자국을 쫓아갈 필요가 없어요. 분명 이쪽으로 올 것이오. 눈 위에 걸터 앉은 흔적이 곳곳에 보이잖소. 흔적에서 떨어져 주위를 좀 살펴봅시다. 소리치거나 기침소리를 내면 놀라서 도망치니까 조용히 해야 합니다."

그리고 우리가 곰의 발자국에서 떨어져 왼쪽으로 오백 걸음쯤 물러섰을 때 그곳에서 다시 곰의 발자국을 발견하게 되었다. 우리는 이 발자국을 따라가기 시작했는데 발자국은 숲을 벗어나서 길이 있는 쪽으로 우리를 안내했다. 우리는 길로 나가서 곰이 어느 쪽으로 도망갔는지 이리저리 주위를 살펴보았다. 그러자 길의 군데군데에 사람이 길을 걸어간 것과 같은 곰의 발자국이 남아 있는 것이 보였는데 발자국은 마을로 향하고 있었다.

우리는 길을 따라서 걸었다. 그때 데미얀이 말했다.

"길엔 아무것도 없어요. 길에서 왼쪽으로 내려갈지 아니면 오른쪽으로 내려갈지는 눈을 보면 알 수 있을 테지요. 어딘가에서 방향을 바꿀 겁니다. 마을로는 분명히 가지 않을 거예요."

그렇게 우리가 길을 따라서 1베르스타(미터법 시행전 러시아의 거리단위. 1베르스타=약 1km)를 지나갔을 때 앞쪽에 곰의 발자국이 있는 것이 보였다. 천만 다행이었다. 발자국이 길에서 숲으로 나 있는 것이 아니라 숲에서 길 쪽으로 나 있는 것이었다. 나는 의심스럽다는 듯이 말했다.

"이건 다른 곰 같은데……."

데미얀이 잠시 보고 곰곰이 생각하다가 말했다.

"아니, 맞아요. 바로 그놈이에요. 우리를 속이고 있어요. 곰은 길에서부터 뒤로 걸어간 겁니다."

그리고 발자국을 따라가 보니 정말로 그랬다. 곰은 길에서부터 뒤로 열 발자국 물러간 다음에 소나무 뒤쪽으로 가서는 방향을 바

꾸어 똑바로 갔던 것이었다. 확인을 한 후 데미얀이 멈춰 서서 말했다.

"이제는 제대로 가고 있는 것 같군요. 이 늪과 못에는 더 이상 누워 있을 곳이 없으니 우회해서 돌아갑시다."

우리는 우회하여 빽빽하게 자란 전나무를 따라갔다. 나는 이미 몹시 지쳐 있었다. 스키를 타고 가는 것이 점점 더 힘들어졌다. 때론 관목이 즐비한 숲 속에서 헤매기도 하고, 때론 다리 사이에 전나무가 걸리기도 했다. 익숙하지 않은 탓에 장애물들과 쉴새없이 부딪히면서 스키가 뒤집어지기도 했다.

나는 외투를 벗었다. 땀이 비오듯이 흘러내렸다. 그러나 데미얀은 내 외투까지 자기의 어깨에 걸쳐 매고 나를 재촉하면서도 걸리거나 넘어지는 일 없이, 마치 보트를 타고 강을 달리는 것처럼 부드럽게 미끄러져 나가고 있었다.

우리는 3베르스타쯤의 원을 돌면서 소택 주변을 살펴보았다. 스키는 이미 망가져 버렸고 다리는 힘이 빠져서 더 이상 걸을 수 없이 꼬이고 있었다. 그렇게 뒤에 처져서 힘겹게 데미얀을 따라가고 있었다.

그런데 갑자기 데미얀이 멈춰 서더니 내게 손을 흔드는 것이었다. 나는 그가 있는 쪽으로 다가갔다. 데미얀은 몸을 숙이고 내게 뭔가 속삭이면서 손으로 어딘가를 가리키며 말했다.

"보세요. 까치가 쇠지렛대 위에서 지저귀고 있지요? 새는 멀리서

부터 곰의 소리를 들은 거예요. 그 곰이 맞아요."

우리는 좀더 가보기로 했다. 그리고 어느 정도 떨어져서 1베르스타를 더 지났을 때 다시 오래된 곰 발자국을 보게 되었다. 우리는 그곳에서 원을 그리며 주변을 살펴보았다. 곰은 우리가 돌아본 지역의 한가운데 있었다. 나는 모자도 벗고 모든 단추를 풀었다. 사우나에 있는 것처럼 온몸이 땀으로 흠뻑 젖어 있었다. 데미얀이 열기로 빨갛게 달아오른 얼굴을 소매로 닦으며 말했다.

"그나저나 일을 했으니 좀 쉽시다."

데미얀도 조금은 지쳐 있는 듯했다.

숲 속의 나무들 사이로 저녁 노을이 빨갛게 물들고 있었다. 우리는 스키 위에 앉아서 한숨을 돌리고 주머니에 있는 빵과 소금을 꺼냈다. 그리고 먼저 눈을 한줌 주워 먹은 다음 빵을 입에 넣었는데 빵 맛이 얼마나 좋은지 내 생애에 처음 먹어보는 듯했다. 우리가 앉아 있는 동안 이미 날이 어두워지고 있었다. 마을까지 아직 멀었는지 데미얀에게 물었다.

"한 12베르스타 정도 되지요. 밤에 도착할 테니 지금은 좀 쉽시다. 외투를 걸치세요. 체온이 떨어지면 큰일나니까."

데미얀이 전나무 가지를 꺾어 눈을 털어 내고 그곳에 침상을 만들었다. 그리고 우리는 팔베개를 하고 나란히 누웠는데 어떻게 잠이 들었는지도 모르게 깊은 잠에 빠져 버렸다. 아무튼 깨어나 보니 이미 두 시간쯤 지나 있었고 주위에서 무언가 부스러지는 듯한 소리가 들려왔다.

 얼마나 깊은 잠에 빠져 있었던지 깨어났을 땐 순간 어리둥절하여 내가 어디에 있는지조차 구별할 수가 없었다. 주위를 둘러보았다. '이상하다. 여기가 어디지?' 흰 천막, 그리고 흰색 기둥들, 주변이 온통 하얗게 반짝거렸다. 위를 올려다보았다. 흰색 당초 무늬들, 당초 무늬들 사이의 검은 천장, 그리고 불빛들이 형형색색 타오르고 있었다. 한참 주위를 둘러본 뒤에야 우리가 숲 속에 있다는 사실을 깨달았다. 나무가 눈과 서리에 덮여 있는 것을 보고 천막이라

고 착각했고, 나뭇가지 사이로 깜박이며 흔들거리는 하늘에 떠있는 별빛을 불빛으로 생각했던 것이었다.

 밤새 서리가 내렸다. 나뭇가지에도, 외투에도 서리가 내렸다. 위에선 계속 서리가 떨어져 내리고 있었지만 데미얀은 아랑곳없이 서리에 쌓여 여전히 잠을 자고 있었다. 데미얀을 깨웠다. 그리고 스키를 타고 곧장 마을로 향했다. 숲 속은 조용했고 스키를 타고 부드러운 눈 위를 달릴 때 이는 바람소리와 추위에 얼어붙은 나무가

갈라지는 소리만이 숲 속의 여기저기에서 울릴 뿐이었다. 단 한 번 멀지 않은 곳에서 동물 우는 소리가 들리긴 했지만 금세 다른 쪽으로 달아나 버렸다. 나는 곰이 아닐까 하는 생각에 소리가 나는 곳으로 다가갔는데 그것은 토끼 발자국이었고, 토끼가 사시나무를 갉아먹다 도망간 것이었다.

우리는 길로 나오자 스키를 각자 끈에 단단히 묶은 다음 길을 따라 걷기 시작했다. 걷는 것이 훨씬 쉬워졌다. 끈에 묶여 있는 스키는 이미 많은 사람들이 지나간 고른 길을 덜덜덜 소리를 내며 우리 뒤를 따라왔고 발 밑에선 작은 눈덩어리들이 끊임없이 뽀드득뽀드득 장단을 맞추었다. 차가운 서리가 솜털처럼 얼굴에 달라붙었다. 별들이 나뭇가지 사이로 빛을 내며 우리를 향해 달리다가 곧 사라지곤 했다. 그렇게 하늘은 쉴새없이 움직였다.

숙소에 도착하자 잠자고 있는 친구를 깨워서 우리가 어떻게 곰을 추적했는지 말해 주었다. 그리곤 주인에게 아침녘에 곰 몰이꾼을 모아 줄 것을 부탁하고 저녁식사 후 곧장 잠자리에 들었다.

나는 피곤해서 점심때까지 늦잠을 자려고 했지만 친구가 깨우는 바람에 깜짝 놀라 벌떡 일어났다. 친구는 이미 옷을 갈아입고 총을 들고는 방을 이리저리 돌아다녔다.

"데미얀은 어디 있나?"

나는 금방 일어나 가라앉은 목소리로 물었다.

"벌써 숲으로 갔네. 몰이꾼을 데려갔다가 되돌아 왔었는데 지금 다시 몰이꾼을 데리고 갔다네."

친구가 대답했다. 나는 일어나 세수하고 옷을 입었다. 그리고 총을 장전하여 들고는 썰매를 타고 숲을 향해 출발했다. 추위는 더욱 심해지고 주변은 적막하기만 했으며 서리가 내린 주위에 안개가

깔려 해가 보이지 않았다.

3베르스타쯤 지나자 숲이 눈에 들어왔다. 숲 아래쪽에서 연기가 파랗게 피어올랐고 남자들과 아낙네들이 몽둥이를 들고 그곳에 서 있었다.

우리는 썰매에서 내려 사람들이 모여 있는 쪽으로 다가갔다. 남자들은 감자를 구우며 앉아서 아낙네들과 히히덕거리고 있었다. 데미얀도 그들과 함께 있었는데 그는 사람들을 일어서게 하더니 어제와 같은 우회로를 만들며 둥글게 줄을 세웠다. 허리까지만 보

이는 30명의 남자들과 아낙네들이 끈을 잡고 길게 늘어서서 숲으로 들어가자 나와 데미얀도 그들의 뒤를 따랐다.

이미 많은 사람들이 지나간 길이었지만 걷는 것이 쉽지 않았다. 그래도 다행히 두 개의 벽 사이를 걷는 것처럼 빠질 곳이라곤 없었다. 그렇게 반 베르스타를 지나자 데미얀이 반대편에서 스키를 타고 우리에게 달려오면서 자기가 있는 쪽으로 오라고 손을 흔드는 것이었다. 우리가 다가가자 그는 우리가 각자 지켜야 할 자리를 보여주었고 나는 내 자리에 서서 주위를 둘러보았다.

내가 있는 왼쪽으로 키 큰 전나무가 서 있었는데 전나무 뒤편 나무사이로 멀리 곰 몰이꾼들이 어스름하게 보였다. 그리고 내 반대편엔 사람 키만한 전나무들이 빽빽이 들어차 있었으며 눈이 덮인 가지에는 눈들이 서로 달라붙어 송이송이 매달려 있었다. 전나무 사이를 가르는 눈이 수북이 쌓인 길은 나를 향해 똑바로 놓여 있고, 오른쪽에 빽빽이 서 있는 전나무 끝은 들판으로 이어지고 있었다. 데미얀이 이곳에 한 동료를 세워두는 것이 보였다.

나는 총 두 자루를 자세히 살펴보고 장전한 다음 총을 어디에 배치하는 것이 좋을지 곰곰이 생각했다. 내가 서 있는 곳으로부터 세 발자국 뒤에 큰 소나무가 서 있었다. 총 한 자루는 나무에 기대 세워 놓고 다른 하나는 손에 들고 소나무 옆에 숨어 있는 것이 좋겠다고 생각했다.

나는 소나무 쪽으로 다가갔다. 눈이 무릎까지 빠졌다. 소나무 주위로 반 아르신(구러시아의 척도단위. 1아르신=약 71.12cm) 정도의 길을 밟아서 평평하게 다지고 그 위에 자리를 잡았다. 총 하나는 손에 들고 있었고 탄알이 장전된 다른 총은 소나무에 기대어 놓았다. 그리고 돌발사태에 쉽게 뺄 수 있도록 하기 위해 단검을 꺼내서 빠지기 쉽게 다시 꽂아 두었다. 내가 모든 준비를 마쳤을 때 데미얀이 숲에서 외치는 소리가 들렸다.

"빨리, 빨리 갑시다!"

데미얀이 소리치자 사내들도 제각기 소리지르기 시작했다.

"나가자, 와!" 남자들이 소리치자, "야!" 여자들도 가는 목소리로 소리쳤다.

곰은 주변 어딘가에 있었다. 데미얀은 그 곰을 쫓아 이리저리 돌아다녔다. 이곳저곳 사방에서 사람들은 큰 소리로 외쳐댔고 오직 나와 한 동료만이 조용히 숨을 죽이고 곰을 기다렸다. 나는 나무 옆에 숨어서 벌어지는 상황을 지켜보면서 곰의 움직임에 귀를 기울이고 있었다. 심장이 요동치는 소리가 들렸다.

나는 무의식적으로 총을 움켜잡았고 온몸이 떨렸다. '이제 곧 곰이 튀어나오겠지. 그러면 총을 조준하고, 발사하면 곰이 쓰러질 거야.' 이렇게 생각하고 있을 때였다. 갑자기 왼편 멀리에서 무언가 눈 위로 쿵하고 쓰러지는 소리가 들렸다. 나는 키 큰 전나무 쪽을 주시하다가 나무에서 약 50보 떨어진 곳에 검고 덩치 큰 어떤 물체가 서 있는 것을 보았다.

나는 조준하고 기다렸다. 그것이 더 가까이 달려들지나 않을까 하고 생각하고 있는데 그것이 귀를 살짝 움찔하더니 뒤로 도는 것이었다. 물체가 움직이는 모습이 측면에서 모두 보였다. 덩치가 엄청난 짐승이었다.

나는 흥분한 상태에서 총을 겨누었다. '쾅!' 총을 쏘았지만 탄알이 나무를 맞히고 빗나가 버렸다. 곰이 뒤로 돌아 우회하여 뛰더니 숲 속으로 자취를 감추는 것이 연기 사이로 보였다.

내가 할 일은 이미 허사로 끝난 듯했다. 이젠 곰이 내게 달려들든지 아니면 옆에 있는 동료가 곰을 쏘아 죽이든지 또는 내가 아닌 곰몰이꾼들에게 달려들든지 할 것이라고 생각했다. 나는 다시 총을 장전하고 주위에 귀를 기울이며 서 있었다.

그때 사내들이 사방에서 소리를 쳐댔는데 그리 멀지 않은 오른쪽에서도 어떤 아낙네가 당황한 목소리로 소리치고 있었다. "곰이, 곰이 여기 있어요. 여기, 여기야!"

바로 눈앞에 곰이 보였다. 나는 더 이상 곰을 기다리지 않고 동료가 있는 오른쪽에 시선을 맞추었다. 데미얀이 스키를 벗은 채 몽둥이를 들고 오솔길을 따라서 동료가 있는 쪽으로 뛰어가는 것이 보였다. 데미얀이 동료 옆에 웅크리고 앉아서 마치 총을 겨누는 것처럼 막대기로 무언가를 그에게 가리키자, 그는 총을 황급히 올려들고 데미얀이 가리킨 방향을 향해 이리저리 조준하였다. 그리고 '쾅!' 하고 총이 발사되었다.

나는 곰이 죽었겠다고 생각했는데 왠지 동료들은 곰 쪽으로 달려가지 않았다. 어쩌면 오발이든지 아니면 정확히 맞지 않았을런지도 모르겠다고 생각했다.

이제 곰은 내 뒤에 있었으므로 내게 달려들지는 않을 것이라 여겼다. 그런데 이게 무슨 일인가! 갑자기 내 앞쪽 가까운 곳에서 어떤 물체가 쏜살같이 뛰면서 눈이 쏟아져 내리고 숨을 몰아쉬는 것이었다.

앞을 바라보았다. 그때 검은 물체가 빽빽한 나무 사이를 헤치며 내 앞으로 쏜살같이 달려오고 있었는데 공포에 질려 아무것도 보지 못하고 있는 것이 역력했다.

다섯 발자국 남짓 내 앞으로 가까이 다가왔을 때 비로소 검은색 가슴에 붉은빛이 도는 큰 머리를 가진 동물이라는 것이 눈에 들어왔다.

그의 머리가 나를 향해 쏜살같이 달려오고 있었고 사방에서 눈이 쏟아져 내렸다. 곰은 나를 보고 달려오는 것이 아니었다. 그저 놀라서 있는 힘을 다해 뛰고 있던 것이었는데 불행히도 그가 뛰는 방향이 내가 서 있는 소나무 쪽이었던 것이다.

나는 총을 꺼내들고 방아쇠를 당겼다. 곰이 점점 더 가까이 다가오고 있었지만 총알이 빗나가 버렸다. 곰은 분명 아무것도 보지도 듣지도 못하고 내가 서 있는 쪽을 향해 놀라서 그냥 뛰고 있었다.

나는 겨우 다시 총을 겨냥하고 방아쇠를 당겼다. '쾅!' 하는 소리

와 함께 제대로 맞혔다고 생각했는데 죽지는 않았다.

　곰은 머리를 조금 들고 귀를 잡더니 날카로운 이를 드러내며 나를 향해 달려오는 것이었다. 쏜살같이 다른 총을 잡았지만 이미 곰이 내게 달려든 다음이었다. 곰은 나를 쳐서 눈 쪽으로 넘어트리더니 나를 뛰어넘어 버렸다. 그때 나는 곰이 계속 도망가는 것이라고 생각했기 때문에 이젠 살았다고 생각했다.

　그리고 일어서려는데 무언가 나를 짓누르면서 놓아주지 않았다. 버티지 못한 곰이 갑자기 다시 나를 뛰어넘어 돌아서서는 어마어마한 자기 가슴으로 나를 덮쳤다. 그의 무겁고 거친 숨소리가 들려왔으며 얼굴로 그의 따뜻한 숨결이 느껴졌다. 그의 입에 내 얼굴 전체가 물려 있었는데 코는 이미 그의 입 속에 들어가 있었다. 곰의 몸에서 흘러나오는 뜨거운 피 냄새가 역겹게 느껴졌다.

　곰이 발로 내 어깨를 누르고 있었기 때문에 나는 조금도 움직일 수 없었다. 단지 머리를 가슴 쪽으로 약간 굽히고 녀석의 입 속에 있는 코와 눈을 흔들 수 있었고 곰은 내 눈과 코를 노리고는 윗니로는 이마를 물고 아랫니로는 눈 아래의 광대뼈를 물고는 입을 다물어 버렸다. 마치 예리한 칼로 내 머리를 베는 것 같은 느낌이었다. 빠져 나오기 위해 안간힘을 다했지만 곰은 서둘러 계속 쩝쩝 소리를 내면서 물어뜯으려 했다.

　내가 겨우 빠져 나오자 그는 다시 입으로 내 얼굴을 잡아챘다. 나는 '결국 이렇게 죽는구나' 하고 생각했다. 그때 갑자기 몸이 편안해지는 것이 느껴졌다. 곰이 보이지 않았다. 곰이 달아난 것이다.

데미얀과 동료들은 곰이 눈 위로 나를 쓰러뜨리고 물어뜯는 것을 보고 내게로 달려온 것이었다. 동료들은 더 빨리 올 수도 있었는데 다져 놓은 길을 따라 뛰어오는 대신에 조급한 마음에 한꺼번에 뛰어오다가 넘어졌다고 했다. 아무튼 그들이 그렇게 겨우겨우 눈에서 빠져 나오는 동안에 곰은 나를 이리저리 물어뜯었다. 얼마나 급했던지 데미얀은 총도 없이 단지 길쭉한 나뭇가지 하나만 들고 길로 뛰면서 소리쳤다.

"사람 죽인다! 사람 죽인다!" 그리고 곰에게도 소리질렀다.

"이 나쁜 놈아! 뭐 하는 거야, 그만두지 못해!"

그리고 곰이 그 소리를 들었는지 나를 버리고 도망갔다. 내가 일어섰을 때 눈 위에는 피가 흥건했고, 마치 양을 사냥한 것처럼 내 눈 위엔 살이 고깃덩이처럼 매달려 있었다. 나는 너무도 흥분해서 통증을 느낄 수 없었다.

다른 동료들이 달려왔고, 곧 사람들이 모였다. 그들은 내 상처를 보더니 먼저 눈으로 환부를 닦아 주었다. 나는 갑자기 곰이 생각났다. 그리고 상처도 잊은 채 "곰은 어디에 있소? 어디로 가버린 거요?" 하고 물었다.

그때 누군가 "여기 그놈이 있어! 그놈이 있어요."라고 외치는 소리가 들렸다. 그리고 우리는 곰이 우리에게로 곧장 달려오는 것을 보고 잽싸게 총을 잡았지만 누구도 총을 쏘지는 못했다.

어느 사냥꾼 이야기

녀석은 이미 우리를 지나가 버렸다. 곰은 매우 흥분해 있어서 다시 나를 물어뜯으려고 했지만 사람들이 많이 모여 있는 것을 보고는 놀라서 도망가버렸다. 곰의 머리에서 피가 흐르고 있음을 발자국을 보고 알 수 있었다. 곧장 따라잡고 싶었지만 얼굴의 상처로 머리의 통증이 심해지고 있었으므로 마을로 내려가서 의사에게 보여야만 했다. 의사가 상처를 꿰맸고 상처는 아물기 시작했다.

한 달이 지나서 우리는 이 곰을 잡기 위해 다시 숲으로 갔지만 그 곰을 잡기는 힘들었다. 곰은 포위망에서 벗어나지 않고 주위를 맴돌면서 위협적인 소리로 계속 으르렁거렸다. 그런데 데미얀이 그 곰을 잡았다. 곰은 내가 쏜 총에 맞아 아래턱이 깨지고 이가 부러졌으며 매우 크고 훌륭한 검은 가죽을 가지고 있었다. 나는 그것으로 박제를 만들어 내 방을 장식했으며 이마의 상처는 어디에 있는지 보이지 않을 정도로 거의 아물었다.

작은 악마의 앙갚음

　어느 가난한 농부가 아침도 굶은 채 빵 한 조각만을 싸들고 밭을 갈기 위해 들로 나갔다. 농부는 밭에 도착하자 쟁기를 내리고 짐을 풀어서 덤불 밑에다 놓고 그 위에 싸 가지고 온 빵을 올려놓고는 윗옷으로 덮어두었다. 점심 때가 되자 말도 지치고 농부도 허기지기 시작했다. 농부는 쟁기를 땅에 꽂아 두고 말을 풀어서 풀을 뜯어먹게 하고는 자기도 점심을 먹으려고 윗옷이 있는 쪽으로 걸어갔다. 그리고 농부는 빵을 덮어두었던 윗옷을 들추었는데 그곳에 빵이 없는 것이었다.

　농부는 너무도 놀라서 옷을 털어 보기도 하고 그 근처를 찾고 또 찾아보았다. 그러나 어디에도 빵은 보이지 않았다. 놀란 농부는 생각했다. '이상한 일이네. 아무도 보지 못했는데……. 누가 빵을 가져간 거지?' 그런데 빵은 농부가 밭을 갈고 있을 때 작은 악마가 몰래 다가와서 가져갔던 것이다. 작은 악마는 빵을 훔친 후 덤불 뒤에 숨어서 농부가 욕하기만을 기다리고 있었다. 농부는 한탄하듯이 중얼거렸다.

"뭐, 어쩔 수 없지. 굶어 죽기야 하겠어. 나보다 더 배고픈 사람이 가져간 게 분명해. 잘 먹고 건강하시게나!"

이렇게 생각한 농부는 우물로 가서 물을 실컷 마신 다음 넉넉히 쉬다가 다시 말을 데려와 쟁기를 채우고 계속 밭을 갈기 시작했다.

농부가 죄를 짓도록 만들지 못한 작은 악마는 당황하여 마왕에게 달려갔다. 그리고 마왕에게 자기가 농부의 빵을 훔쳤는데도 농부는 욕을 하기는커녕, '잘 먹고 건강하라!'고 말하더라고 걱정스럽게 말했다. 그 소리를 들은 마왕은 작은 악마에게 몹시 화를 내면서 말했다.

"만약 농부가 그 일에서 너를 이겼다면 그건 전부 네 탓이다. 네가 일을 잘못 처리한 것이 아니더냐? 만약 다른 농부들과 그 뒤를 이어 여자들까지도 그런 버릇이 생기면 우리는 어떻게 살아갈 것이냐? 이 일은 절대 그냥 내버려 둘 수 없다. 가거라! 다시 그 농부에게 가서 그 빵에 대해 보상을 하고 오너라. 만약 3년 내에 그 농부를 이기지 못하면 너를 성수 속에 빠뜨려 버리겠다!"

놀란 작은 악마는 인간 세상으로 도망치듯이 돌아왔다. 그리고 어떻게 하면 자기의 실수를 보상받을 수 있을지 곰곰이 생각하기 시작했다. 고민한 끝에 결국 좋은 방법을 고안해 낸 작은 악마는 곧장 실행에 옮기기로 했다.

작은 악마는 먼저 착한 사람으로 둔갑한 다음 가난한 그 농부집의 일꾼으로 찾아 들어갔다. 그리곤 여름 가뭄에 대비하여 습지에 곡식을 심으라고 농부에게 알려 주었고 농부는 하인의 말을 듣고 습지에 씨앗을 뿌렸다. 그 덕분에 다른 농부의 곡식은 모두 태양 빛에 타 죽었는데 이 가난한 농부의 곡식은 잘 자라서 풍작을 거두게 되었다. 그래서 농부는 이듬해 햇곡식이 나올 때까지 먹고도 아직 많은 곡식이 남아 있었다.

다음해 여름이 되자 하인이 농부에게 언덕 위에 곡식을 심으라고 알려 주었는데 실제로 그 해 여름에는 비가 몹시 많이 내려서 다른 집 곡식은 쓰러지고 물에 잠겼지만, 언덕 위에 심은 이 농부의 곡식만은 많은 수확을 할 수 있었다. 그렇게 해서 농부의 집에는 남아 있는 곡식보다 더 많은 곡식이 쌓이게 되었는데 농부는 그 많은 곡식을 어떻게 해야 할지 모르고 있었다.

하인은 다시 농부에게 곡물을 빻아서 술을 담그라고 알려 주었다. 농부는 하인의 말대로 많은 술을 담아서는 자기도 마시고 다른 사람에게도 마시라고 나누어 주

었다. 자기 말을 잘 듣는 농부를 보고 작은 악마는 뛸 듯이 기뻐하며 마왕에게로 달려갔다. 그리고 지난번 빵의 실수를 만회했다고 자랑을 늘어놓기 시작했다. 마왕은 직접 그것을 보기 위해 농부의 집으로 갔다.

마왕이 농부의 집에 도착하여 지켜보니 농부는 부자들을 초대하여 술을 대접하고 있고 안주인은 손님들에게 술을 나르고 있었는데 안주인이 식탁 모퉁이를 돌다가 책상에 걸려 컵을 엎자 농부는 버럭 화를 내며 아내를 몹시 힐책했다.

"이봐, 바보 아니야! 이게 설거지 물인 줄 알아? 얼마나 귀한 건데 바닥에 쏟아 붓고 그래? 안짱다리는 해 가지고."

작은 악마는 팔꿈치로 마왕을 찔렀다.

"보세요. 이젠 저 농부도 빵 한 조각 빼앗기는 것도 아깝게 여길 겁니다."

농부는 아내를 심하게 꾸짖더니 자기가 직접 술을 나르기 시작했다. 마침 그때 일을 마치고 지나가던 가난한 한 농부가 초대도 없이 들어왔고 그 농부가 인사를 하고 앉아서 보니 사람들이 술을 마시고 있는 것이었다. 농부도 피곤한 터라 술 생각이 간절했다. 앉아서 군침을 삼키며 목이 빠지게 기다리는데 주인은 술은 가져다 주지 않고 혼자서 중얼거렸다.

"아무에게나 주려고 술을 만든 게 아니지!"

마왕은 농부의 이 말에 매우 마음이 흡족해졌다. 작은 악마는 다

시 우쭐해져서 말했다.

"잠시만 기다려 보세요. 재미있는 것이 더 있을 겁니다."

잘사는 농부들과 함께 주인도 술잔을 들이켰다. 그들은 서로서로 아첨하고 치켜세우며 입에 발린 거짓말들을 늘어놓았다.

마왕은 얘기를 열심히 듣고 난 다음 작은 악마를 칭찬했다.

"만약 저 술 때문에 저렇게 아첨하고 서로를 속인다면 이미 저들은 모두 우리 손아귀에 있는 거나 마찬가지구나."

그러자 작은 악마가 대답했다.

"어떻게 되는지 좀더 두고 보십시오. 저들이 한 잔씩 더 마시면 지금은 여우처럼 꼬리를 흔들며 서로를 속이려고 하지만 악한 늑대가 될 겁니다."

농부들은 술을 한 잔씩 더 마셨다. 그러자 그들의 말소리는 점점 더 커지고 더욱 거칠어졌다. 입에 발린 칭찬 대신에 그들은 서로에게 욕을 하고 화를 내며 달라붙어 싸우다가 끝내는 서로 머리끄덩이를 잡고 싸우기 시작했다. 엉겁결에 싸움판에 끼어든 주인도 마구 두들겨 맞았다.

묵묵히 이러한 상황을 지켜 본 마왕은 매우 흡족해 하며 말했다.

"음, 훌륭해!"

그러나 작은 악마는 다시 말했다.

"계속 보십시오. 놈들이 한 잔씩 더 마시면 어떻게 되는지……. 재밌습니다. 지금은 저들이 늑대처럼 격분하고 있지만 한 잔씩 더 마시면 바로 돼지가 될 겁니다."

 농부들이 세 번째 잔을 들이켜자 완전히 취해버리고 말았다. 그들은 자기도 모르는 소리를 각자 지껄여대고 소리치며 남의 말은 듣지도 않고 있었다. 그러다가 마침내 그들은 집을 나와 헤어져서는 한두 명씩 짝을 지어 흔들거리며 거리를 걸었다. 그때 주인이 손님들을 배웅하러 밖으로 나왔다가 그만 웅덩이에 넘어졌다. 온몸이 흙탕물에 뒤범벅이 된 채 주인은 그대로 누워서 돼지처럼 꿀꿀거리고 있었다.

 이것은 더욱 마왕의 마음에 들었다.

 "좋아, 좋아, 아주 훌륭한 음료수를 생각해 냈어. 빵의 실수를 만회할 만하구나. 그런데 너는 어떻게 이 음료수를 만들어낸 거냐? 그 속에 먼저 여우의 피를 넣었겠지. 그래서 농부가 여우처럼 꾀가 많이 생긴 거겠지? 그 다음에는 늑대의 피를 넣었을 테고. 그래서 농부가 늑대처럼 사나워진 게지. 그리고 마지막으로 돼지의 피를 넣었어. 그래서 농부가 돼지처럼 되어버린 거겠지."

 "아닙니다." 하고 작은 악마가 말했다.

 "제가 그런 것이 아닙니다. 저는 단지 곡식이 남도록 만들어 주었을 따름입니다. 그 짐승과도 같은 피는 언제나 그 농부의 몸 속에 숨쉬고 있었던 것이지요. 그러나 곡식의 수확이 풍족하지 못할 때에는 그 피가 밖으로 나타나지 않았을 뿐입니다. 처음 가난할 때 농부는 마지막 빵 한 조각도 전혀 아까워하지 않았는데 갑자기 곡식이 남아돌게 되자 어떻게 하면 즐겁게 지낼 수 있을까만을 궁리하게 되었지요. 그래서 저는 농부에게 심심풀이로 술을 가르쳐 주었습니다. 그랬더니 그 농부는 하느님이 주신 선물을 자기의 오락거리로 만들고자 술을 담근 것입니다. 그리고 이때 그의 몸 속에 잠재되어 있던 여우와 늑대와 돼지의 피가 모두 나타나기 시작한 것입니다. 이제 그 농부는 술을 마시기만 하면 언제나 짐승이 되어버릴 것입니다."

마왕은 매우 만족하여 작은 악마를 칭찬하고 빵의 실패를 모두 용서한 뒤 더 높은 지위로 올려주었다.

역자 후기

천재적 예술가이자 사상가인 19세기의 세계적 대문호 톨스토이의 어렸을 때 꿈은 위대하고 행복한 부자가 되는 것이었다. 그리고 그의 꿈은 현실로 이루어질 수도 있었다. 그러나 그는 부와 명예를 거부하고 자신을 '사랑의 사도'라고 여기며 행복해지길 평생 거부했다. 주위의 수많은 고통을 지켜보며 행복을 느낄 수 없었던 것이다. 톨스토이는 청년기 자신의 일기에 '신과의 대화는 생을 바칠 수 있는 위대하고 거대한 사상으로 나를 인도했다.'라고 적고 있다. 이러한 종교적 사상은 단순히 기적이나 현세의 구원을 약속하는 종교가 아니라 미래의 행복이 아닌 이 땅에 행복을 주고 인간성 회복과 진정한 그리스도교의 사상에 일치하는 톨스토이가 추구한 새로운 종교의 기초라고 할 수 있다. 톨스토이는 종교의 왜곡된 사상을 증명하여 종교의 바른 이해를 돕고자 노력했다.

톨스토이가 살아 생전 추구했던 이러한 철학적·종교적 사상은 그의 작품세계 전반에 잘 나타나 있다. 그로 인해 톨스토이의 많은 작품들은 검열에 의해 그의 생전에 금지되었다가 구 소련시대에 많은 책들이 세상에 나오게 되었다. 특히 그의 삶 속에 배어 있던 종교적 사상이 그대로 반영되었던 많은 작품들은 결국 신에 대해 반기하고 러시아 정교를 거부하여 사도들을 진리로부터 왜곡시킨다고 하여 1901년 톨스토이는 러시아 정교회부터 파문당한다.

『톨스토이와 떠나는 내 마음으로의 여행』에 실린 단편들은 톨스토이의 개인적·종교적 고뇌와 종교의 왜곡된 이해를 바로 잡고자 했던 그의 노력과 더불어 일상생활에서 그가 보여주었던 서민적인 삶을 엿볼 수 있는 작품들이다. 역자는 잔잔히 풀어 가는 톨스토이의 단편들 속에서 우리가 옳다고 믿고 세워놓은 가치관들이 과연 옳은 것인가 하는 것에 대한 생각을 다시 한번 진지하게 생각해 볼 수 있는 기회가 될 수 있을 듯하여 다음의 단편들을 선정했다.

톨스토이는 살아생전 그가 걸었던 삶처럼 죽음 또한 유언에 따라 소박하게 맞이했다. 사망하기 1년 전 그의 일기에 자신의 묘 앞에서 비문을 읽지 말 것이며 묘비명을 세우지 않은 평범한 묘에 매장해 줄 것을 마지막 소원으로 적었다. 그리고 사망하기 10일 전 그는 나머지 생을 혼자 조용히 보내기 위해 그가 평생 살아온 야스나야 팔야나를 영원히 떠났다.